PETITE BIBLIC

LA MORT DIFFICILE

Du même auteur
aux Éditions Ombres

Détours
Mon corps et moi (à paraître)
Babylone (à paraître)

René Crevel

La Mort difficile

roman

Éditions Ombres

Illustration de couverture : René Crevel
Collection particulière (D.R.)

Première édition : *La Mort difficile*, Paris, Simon Kra, 1926, (voir *Note bibliographique* page 155).

ISBN 978-2-84142-171-8

I
De fil en aiguille

Mme Dumont-Dufour et Mme Blok parlent de leurs malheurs. C'est-à-dire de leurs maris. Mme Dumont-Dufour qui eût été juriste, comme feu son père le président Dufour, si elle avait eu la chance de naître homme, soudain renonce à l'énumération des méfaits individuels, pour accuser dans un réquisitoire à portée sociale et avec des mots qui – elle en a donné son billet – ne sont pas mâchés, les lois elles-mêmes.

... Oui les lois, car, telle est la stupidité du code et son parti pris que M. Dumont a eu beau mener sabbat, tant qu'il a pu, sa femme aujourd'hui n'a même pas la ressource du divorce.

Faute de ciel, les yeux prennent à témoin le plafond. Les mains font de leur mieux et Mme Blok pense que Mme Dumont-Dufour ne serait pas déplacée dans quelque grand salon orné de cinquante lustres, soixante-quinze pianos à queue et une infinité de girandoles. Mais à la vérité, il ne s'agit pas d'un salon, si grand soit-il. Mme Dumont-Dufour évoque tout un pays, un continent et davantage encore : son domaine des souvenirs. Le domaine des souvenirs. Une mer où transparaît une ville engloutie, car, chère Mme Blok, elles sont au fond de l'eau, bien au fond les illusions de Mme Dumont-Dufour.

Que lui reste-t-il ici-bas, à présent ? Des regrets, la mémoire de gestes sans joie. Quant à l'avenir, on n'ose y songer. Si elle était de ces folles qui se paient d'imagination, sans doute pourrait-elle passer le jour à se fabriquer des revanches imaginaires. Hélas ! Mme Dumont-Dufour qui aime la pompe et ne s'en laisse imposer que par les hautes montagnes, les cartes de visites noires de titres, les corbillards empanachés, les messes de mariage avec leurs candélabres étincelants, leurs lis sans pollen, et les familles sur leurs trente-et-un, Mme Dumont-Dufour qui préfère la majesté des plumes d'autruche à la couleur des oiseaux du paradis, non seulement n'est point comblée dans ses hautes aspirations, mais encore doit se refuser à l'espoir de satisfaire jamais ses nobles goûts. S'il y avait une justice terrestre, dès ici-bas, aujourd'hui à son automne, elle eût fait les honneurs d'un domaine de souvenirs aussi paisiblement noble que le Versailles de la Maintenon. Au lieu de quoi, assez forte dans son orgueil, pour ne mépriser point l'exaltante humilité, et affirmer sans se faire prier que les hommes sont poussière et rien que poussière, mais honteuse des chambres qui donnent sur la cour, elle connaît la torture de ne pouvoir rien désigner à l'envie de Mme Blok. Son passé, le domaine des souvenirs. Ni plus ni mieux qu'un vulgaire cabinet de débarras, où d'ailleurs, il ne lui est même pas permis de reléguer définitivement les piètres accessoires de sa vie conjugale, puisque, c'est un fait, le divorce lui demeure interdit.

Mme Blok sait-elle pourquoi ?

Mme Blok ne sait pas pourquoi, ne demanderait qu'à le savoir mais a peur de se montrer indiscrète.

Indiscrète ?

Une dextre souveraine apaise des scrupules.

Indiscrète ?

Ont-elles donc des secrets l'une pour l'autre ? Et puisqu'elles ont souffert l'une et l'autre, pourquoi épargner dans leurs confidences les hommes, ces bourreaux ? Elles sont deux femmes dans un salon d'Auteuil, deux sœurs de misère.

Des sœurs de misère. Voilà le mot. Bien entendu

c'est Mme Dumont-Dufour qui l'a trouvé. Elle en est aussi fière que de ses plats de cuivre marocains et de ses vases de Chine. Des sœurs de misère. L'épithète ne manquera pas de faire son petit bonhomme de chemin. Mme Dumont-Dufour l'a prise pour étendard et sent qu'elle va de ce drapeau tirer des effets aussi surprenants que Lamartine du tricolore. Mme Dumont-Dufour a une égide, un signe de ralliement ; au reste, douée d'autres qualités et de plus rares que l'éloquence, si elle ressemble à Lamartine à sa fenêtre de l'Hôtel de Ville, Mme Blok, qui connaît son histoire de France, volontiers la comparerait à Henri IV. On ne voit point de panache blanc, mais on sait qu'on n'aura qu'à suivre. Pensez donc, des sœurs de misère.

Un silence. Deux corps immobiles semblent creux. Mme Dumont-Dufour elle-même prend notion de l'infini par le vide, et, pour un peu, elle croirait qu'on lui a pompé l'âme avec quelqu'un de ces appareils à nettoyer les tapis.

Mais voici que les paupières de Mme Blok se mouillent. À la vérité ni les souvenirs pénibles, ni la tendresse qui lui fut offerte avec le thé et les *toasts*, ni le spectacle d'une désolation désignée par Mme Dumont-Dufour à chaque coin de phrase en panorama, n'expliquent cette humidité des cils, ces narines frémissantes. Non, la vérité pour une fois est toute simple, Mme Blok a faim, elle a faim de savoir.

Mme Blok vit avec sa fille Diane. Et Diane qui est toujours par monts et par vaux – entendez au cinéma, au théâtre, chez des amis et Dieu sait dans quels autres lieux, partout où une jeune fille d'aujourd'hui ne craint pas de s'aventurer –, Diane qui en sait sûrement plus long que sa mère, puisqu'elle danse, boit du thé, des *cocktails*, fait de la peinture, connaît des artistes, Diane ne parle pas. Elle expédie les repas en deux temps trois mouvements. La bouche ne s'ouvre que pour manger.

Aussi, sa pauvre mère ne sait-elle rien d'un monde que ses malheurs ont éloigné d'elle.

Il y a bien le cousin Bricoulet. Honoré Bricoulet. Il arrive le matin, vers dix heures, embrasse Mme Blok sur les deux joues, lui laisse entendre qu'un homme veuf (Mme Bricoulet a été ravie à l'affection de son cher Honoré il y aura bientôt dix ans) et une femme veuve (M. Blok s'est donné la mort voilà plus de deux lustres) peuvent faire un couple. Mme Blok s'attendrit. Bricoulet s'enquiert de l'état de sa fortune, chaque fois lui demande de nouveaux détails sur le suicide de M. Blok et ne se décide à lever le siège que lorsque Diane qui le déteste rentre pour le déjeuner et lui jette en guise de bonjour quelque bonne insolence.

Bricoulet parti, Mme Blok prend son courage à deux mains et réprimande sa fille.

« Tu n'as pas été aimable avec le cousin Honoré.

— Ce sale canard (Bricoulet parle du nez).

— Diane, tu es injuste.

— Il vous a sans doute encore dit des douceurs, s'est attendri, vous a demandée en mariage. Ma pauvre mère. Il en veut à nos quatre sous. C'est un avaricieux fieffé. Il tondrait un pou. »

Diane chantonne :

« Bricoucou, Bricoucou
Bricoulet
Tondrait
un poupou, un poupou
Bricoulet
Tondrait
un pou. »

Puis elle reprend : « Méfiez-vous du Bricoulet.

— Diane la colère t'égare.

— Ce n'est pas vous qui l'intéressez, mais vos malheurs. Il n'aime que la tristesse. Il a de drôles de goûts votre Honoré. On m'a dit qu'il adorait le mou de veau. Il fait le même repas que son chat. »

Diane ne s'arrêterait plus. Bricoulet l'inspire. Mme Blok est obligée de mettre un frein. Le plus triste est que le cousin s'est rendu compte de cette hostilité. Déjà ses visites se font plus rares. Et Mme Blok qui voulait lui demander quelques renseignements sur Mme Dumont-Dufour et surtout sur son invisible mari qu'Honoré a connu dès le collège. Elle eût aussi aimé qu'un homme d'expérience lui donnât son avis sur le fils de Mme Dumont-Dufour, Pierre Dumont, un gendre possible, puisqu'il est le meilleur ami de Diane et, comme elle, fait de la peinture.

Mais Bricoulet s'est vengé sur la mère de l'inimitié de la fille et jusqu'à cet après-midi Mme Blok n'a rien su de Mme Dumont-Dufour avec laquelle, pourtant, elle a passé l'été dernier à la mer. Août, il est vrai, n'est pas le mois des confidences et il a fallu ce jour d'automne, dans un salon d'Auteuil tout gris et sans souvenir de robe blanche, pour que ces dames selon les propres termes de Mme Dumont-Dufour, se découvrissent sœurs de misère.

Or, parce que Mme Blok a l'imprudence d'avouer qu'elle s'ennuie quasi uniformément du 1er janvier à la Saint-Sylvestre, sans autre distraction que le concert Colonne, une fois par semaine en matinée le samedi après-midi, Mme Dumont-Dufour accumule des promesses de potins qui font monter des larmes aux yeux de sa sœur de misère, comme le fumet d'un bon plat, l'eau, à la bouche du gourmand.

Habile à juger d'un coup d'œil son public, après avoir découvert cet appétit elle a décidé d'attendre pour servir son régal. D'abord, quelques vérités premières en hors-d'œuvre. Mme Blok commence à se mordre les lèvres tandis que Mme Dumont-Dufour s'élève au-dessus des gens, des faits et des choses.

Rien ne saurait s'opposer à son ascension.

Le mot *pitié* tombe au milieu d'une phrase. Et c'est une petite dissertation.

La pitié par-ci, la pitié par-là, oui la pitié chère amie, la pitié... et Mme Dumont-Dufour d'affirmer que pas une minute elle n'en a oublié la pratique. Au reste, comment vivre si on l'ignore. La perfection n'est pas de ce monde. L'humanité ne vaut pas cher. On ne sait d'ailleurs ni à qui à quoi s'en prendre. Tant de facteurs interviennent : la malchance, l'hérédité, les mauvais penchants. Pauvre Mme Dumont-Dufour, en dépit d'un esprit méthodique, d'une intelligence raisonnable et d'un cœur sage, rien ne lui a réussi. Ainsi Pierre, son fils, dont la nourrice était alcoolique (voilà pour la malchance) a un caractère emporté. D'ailleurs, il a de qui tenir, son père (voilà pour l'hérédité) s'est toujours montré d'une telle violence. Mais tout cela ne serait rien si ledit Pierre n'avait le goût bizarre et une curiosité (voilà pour les mauvais penchants) dont sa mère à bon droit s'affole, car, si l'on peut se réjouir de l'affection qu'il porte à cette chère Diane, comment ne pas redouter les pires catastrophes de l'amitié qu'il a pour des métèques venus on ne sait d'où. Des métèques, oui. La France, Paris et, ce qui est plus grave, Pierre Dumont se trouvent entre leurs mains. La jeunesse perd la tête. Que Mme Blok veille sur Diane, Mme Dumont-Dufour est bien forcée de laisser aller Pierre là où il veut, mais elle en souffre assez la pauvre femme. Tant de nuits blanches et de jours noirs. La chair est faible. Les jouvenceaux du XXeme siècle cèdent à toutes les tentations de la moderne Babylone et chaque année en fabriquent de nouvelles. Du temps de Mme Blok et de Mme Dumont-Dufour les garçons étaient amoureux des femmes du *Maxim's*, des poules, comme disait M. Dumont. Les jeunes filles rêvaient des tsiganes, de leurs brandebourgs, de leurs belles moustaches. Aujourd'hui les femmes du *Maxim's* sont remplacées par on ne sait quelles aventurières, des prostituées de tous les pays et de tous les sexes. Il n'y a plus de tsiganes, mais des nègres qui jouent du saxophone. On a inventé des vices, des boissons, des stupéfiants, comment tout cela finira-t-il ? Mme Dumont-Dufour a bien raison de dire qu'il faut de la pitié. Elle le sait, elle ne sait que cela. Mon Dieu, la douloureuse expérience de l'existence...

Tant pis pour Mme Blok qui crève d'impatience près du piano dans un fauteuil de tapisserie genre Aubusson, aujourd'hui, Mme Dumont-Dufour a l'âme d'un président de cour d'assises ou d'un avocat. Jamais elle ne s'est sentie d'une telle éloquence. Et elle s'en donne, ne néglige aucune ressource de l'art du bien parler, dont son père lui-même ne craignait pas d'user pour ses rapports domestiques. Sa voix glisse sur le malheur avec la majesté d'un cygne noir. Va-t-elle mourir au milieu des meubles, témoins de toute sa souffrance, devant une visiteuse qui ne sait pas la suivre dans son vol ? Déjà elle dit sa propre oraison funèbre, alourdit les syllabes, les prolonge, les reprend, les caresse de la langue comme si elles portaient la promesse d'un sommeil à jamais libérateur. Une minute elle songe en faire des armes pour la défendre contre l'insolence de Pierre, et la méchanceté universelle. Mais, dans son désespoir, elle accepte la mort, l'appelle et déjà ce sont des fleurs qu'elle unit en couronnes, et les couronnes à leur tour deviennent des étoffes, des voiles dont elle se drape, statue du malheur conjugal devant Mme Blok qui ronge son mors, voudrait se lever, lui demander si elle va longtemps encore se moquer d'elle. Un peu plus et la paisible Mme Blok songerait à un ultimatum. Dites-moi de suite pourquoi vous ne pouvez obtenir le divorce, sinon...

Pas moyen, hélas ! de placer un mot, on lui dit qu'il ne faut pas être sévère. Si cette découverte doit servir de conclusion à l'exposé des théories métaphysiques et morales, le récit tant attendu va peut-être enfin commencer.

Mme Blok est pour une conclusion. N'importe laquelle. Donc joyeuse :

« Il ne faut pas être sévère.

— D'accord, mais il y a des limites », reprend l'infatigable Mme Dumont-Dufour. Ainsi M. Dumont ne s'est-il pas livré à des excès tels que pour désavouer un être dont du reste sa femme ne s'est jamais sentie, même au temps de la lune de miel, tout à fait solidaire, au nom que la loi l'oblige de porter, elle a joint (comme pour le diminuer d'autant) celui, combien plus honorable, de feu son père, le président Dufour.

C'est ainsi que Mme Edgar Dumont, elle est devenue Mme Dumont-Dufour.

À vrai dire, les deux patronymes quasi jumeaux, à chaque bout du trait d'union, ne sont pas sans la consoler un peu, mais, parce qu'elle n'aime pas les succès faciles, elle ne veut pas laisser voir qu'elle est fière de s'appeler Dumont-Dufour à Mme Blok qu'elle croit juive.

Elle ne peut tout de même pas s'empêcher de constater à haute voix que le nom double, en dépit de son apparente simplicité, donne notion de ce que serait une noblesse de la IIIeme République, si on se souciait encore d'honorer les mérites des Français de la classe moyenne, une classe, chère amie, qui n'a jamais cessé de donner au pays ses serviteurs d'élite.

Mme Dumont-Dufour, par exemple, est la fille d'un magistrat et, son mari, tout indigne qu'il se soit montré, n'en est pas moins colonel.

Ici un temps.

Le cousin Bricoulet n'a jamais dit à Mme Blok que M. Dumont fût colonel. Mais puisque colonel il y a, tout s'explique. Mme Blok emplit le salon d'Auteuil d'un « Ah ! » jumeau de celui que ne put manquer de lancer Christophe Colomb lorsqu'il eut découvert l'Amérique, ou la manière de faire tenir debout un œuf à la coque.

Mais déjà Mme Dumont-Dufour sape ce triomphe : « N'allez pas croire que c'est parce que M. Dumont est colonel que je ne puis divorcer et que je me trouve condamnée à une carte sans prénom ! »

Elle épelle devant un bristol imaginaire

« MME DUMONT-DUFOUR »

et constate : « Quoi de plus triste qu'une carte sans prénom. »

« Et la mer sans poissons », a envie de répondre Mme Blok, qui, décidément, ne sait plus s'empêcher de penser que Mme Dumont-Dufour est une poseuse.

Néanmoins elle essaie encore de la résignation, et hoche la tête de haut en bas, puis de gauche à droite. Cependant, l'autre qui ne lui épargne aucun détail d'ajouter : « Je n'ai pas encore quarante-quatre ans et plus personne ne m'appelle Louisa, Louisa ainsi m'avait baptisée ma marraine, ma marraine, qui... »

Après la pitié, après la douloureuse expérience de l'existence, la marraine.

Non, Mme Blok ne va pas se laisser faire.

« Votre marraine a eu raison de vous appeler Louisa, vous n'avez pas à vous plaindre. Louisa Dufour c'est joli. Quel dommage que vous ne puissiez divorcer, refaire votre vie. »

Comme des petits chiffons rouges sur une mare aux grenouilles, Mme Blok agite des mots : « Divorcer... Refaire sa vie. » Et Mme Dumont-Dufour de répéter avec des points d'orgue à chaque syllabe :

« Re-fai-re-sa-vie. »

Quel air songeur sur un visage d'épouse martyre ! Mais Mme Blok, qui sait que la fille du président Dufour n'est pas une rêveuse, se jure qu'elle ne sera point dupe et ne déguerpira point avant de savoir pourquoi... À vrai dire, elle n'a même pas le temps de formuler cette résolution que déjà on lui demande :

« Et vous chère amie, comment vous appelez-vous ? »

Mme Blok jette son prénom « Herminie », et c'est la série des compliments qui commence :

« Herminie c'est doux.

— Louisa c'est énergique.

— Herminie c'est innocent.

— Louisa c'est spirituel.

— Herminie, un nom de blonde (Mme Blok est filasse).

— Louisa, un nom de brune (Mme Dumont-Dufour est noire comme jais).

— Herminie un vrai nom d'amoureuse.

— Louisa... Louisa... (allons, Mme Blok ne sera point chiche)... Louisa un vrai nom d'impératrice.

— Vraiment, vous pensez que Louisa est bien ?

— Si je le pense. »

Et, sans avoir l'air de rien, Mme Blok de revenir à ses moutons :

« Louisa Dufour, voilà qui sonne. Quel dommage que vous ne puissiez divorcer.

— Oui, grand dommage. Mais vous ne pouvez savoir combien je suis heureuse que vous aimiez Louisa. Mon fils Pierre n'arrête pas de me faire enrager avec mon prénom. Il va même jusqu'à prétendre (les enfants ont perdu tout sens du respect) que Louisa c'est un vrai nom de fille à soldats. L'autre jour, il avait le toupet de le dire devant votre cousin Bricoulet. Je le giflerais bien qu'il ait ses vingt ans sonnés, et puis, je vous le demande un peu, mon père m'aurait-il laissé baptiser comme une fille à soldats. »

Les talons de Mme Blok usent le tapis :

« Vous disiez donc, chère amie, que vous ne pouviez divorcer. Pourquoi ? »

La victime des lois des hommes se recueille :

« Parce que le colonel Dumont est... »

Le ton de la confidence veut que la voix s'éteigne à la fin de la phrase et Mme Blok n'a pas entendu. Elle hurle : « Comment ? »

Il n'y a plus d'effet à ménager, et l'on clame (cette fois ton de victoire) M. Dumont est fou, fou, fou.

Hier samedi, au concert Colonne, on donnait du Bach, Mme Blok a encore dans les oreilles le défi de Pan et de Phœbus : « *fou, fou, fou, sa raison s'égare* », et voici que la folie d'un colonel de la IIIeme République fait les frais d'un chant à deux voix, *fou, fou, fou...*

Mme Dumont-Dufour qui n'a pas très bon souffle se tait la première.

Mme Blok ne tarde pas à l'imiter et c'est un nouveau silence dont Mme Blok profite pour essayer d'imaginer le colonel :

Un colonel, un officier supérieur, il doit avoir une moustache qui lui barre toute la figure à la mode de 1907.

La moustache du colonel... Mme Blok a beau être vertueuse elle doit bien s'avouer qu'elle a du mal à supporter son veuvage. Diane lui conseille toute la journée de se remarier, mais ne veut pas entendre parler de Bricoulet, pourtant le seul parti possible. Et Mme Blok qui a peur de sa fille reste fidèle à Dimitri Blok. Diane a beau dire, cette abstinence n'est pas si facile. Ainsi, rien que de penser à la moustache du colonel, cette pauvre Herminie est dans tous ses états. Elle a des fourmis au bout de chaque doigt, caresse les bras de son fauteuil et se dit que la moustache du colonel doit piquer quand on embrasse. Mais qui parle d'embrasser. Que penserait Diane si elle savait que sa mère se laisse ainsi aller. Diane sa fille, le devoir. Mais avant Diane, sa fille, le devoir, il y a Dimitri Blok, le mariage, l'amour. Maintenant, puisque Bricoulet compte pour du beurre, maintenant au fond il n'y a plus rien. Ah ! s'il y avait le colonel ! Au temps de leur splendeur, les Blok avaient une villa à La Baule. Un de leurs voisins, revenu de Madagascar avec des galons de commandant et des fièvres qui le ravageaient, d'une voix rude affirmait : « Je suis sec comme un coup de trique. » Sec comme un coup de trique. Mme Blok aime la maigreur, les ventres creux semblables à ceux du Christ, sur les tableaux. Sec comme un coup de trique, ainsi doit être le colonel Dumont. Un coup de trique, la trique. La trique, Mme Blok rougit, car elle n'a pas oublié le sens que donnait à ce mot la commère d'une revue canaille, où M. Blok quelques jours après leur mariage l'avait menée. La trique. Le mot a un sens si précis que Mme Blok devient violette. Heureusement que Mme Dumont-Dufour s'absorbe tout entière dans la contemplation d'une serviette à thé. Pour le colonel, si colonel il y a, il ne saurait manquer d'être maigre. Sans doute, est-il allé en Afrique. La chaleur tropicale l'a fait fondre. Tout au moins, elle l'a empêché d'engraisser. Et puis il a dû pratiquer divers sports. En tout cas, il monte à cheval. Donc pas de ventre. C'est bien ce qu'elle imaginait. Sec comme un coup de... Quoi, encore ces mauvaises pensées. Le colonel est maigre. Un point c'est tout. Et puis un officier, s'il perd sa jolie tournure, n'hésite jamais à porter corset. M. Dumont est bel homme. Pourquoi diable est-il devenu fou ?...

Mme Blok voit un grand diable en culotte rouge, les cheveux poivre et sel, tout ficelé d'or, qui se promène de long en large et du soir au matin, sous un préau. Les yeux sont verts dans une figure toute cuite. Et la moustache qui n'en finit plus. Quel air martial. Voilà un homme. C'est autre chose que son fils, ce blondin de Pierre dont Diane raffole. Pierre il est vrai, a, lui aussi, des yeux verts, mais ceux du colonel sont plus grands, plus clairs, puisque sa figure est toute cuite. Ses yeux. Un rien les effraie, et ils changent à chaque cauchemar comme un lac au moindre nuage.

Un fou.

Mais, au fait, le colonel est-il si fou que cela, bien fou, vraiment fou ?

« S'il est fou, répond sa femme, j'en sais quelque

chose. Ne vous ai-je point dit qu'il n'a même pas le droit de divorcer. Il est fou à lier. »

Et de prendre les mains de la visiteuse, de l'appeler : « Herminie, ma pauvre Herminie. »

« Louisa, ma pauvre Louisa », répond l'écho du salon d'Auteuil.

Deux fauteuils se rapprochent. Une tête se cale et pleure sur une épaule, mais voici que de l'épaule amie, une fourrure glisse. Un petit bruit sec. C'est une tasse par terre. Du chine qu'on lui avait fait admirer, avant de lui donner la permission de s'en servir. Mme Blok ne sait comment s'excuser.

« Mais le mal n'est pas grand. Au nom du Ciel, Herminie, ne prenez pas cet air désolé, de quelle importance est une tasse, même de la plus précieuse porcelaine, pour qui vient de trouver une amie... car vous êtes mon amie, n'est-ce pas Herminie.

— Oh ! oui, Louisa ! Je vous comprends si bien. Car moi aussi j'ai souffert. Il est vrai que je n'ai pas eu votre sagesse, votre mesure, et la main sur le renard coupable (à elle maintenant d'être éloquente) : J'ai brisé ma vie. J'ai tenu à épouser M. Blok, j'étais sentimentale, il avait de belles mains. Je ne me suis pas méfiée.

— Vous avez eu tort, mais voyez, la prudence elle-même n'est pas toujours récompensée. Je ne suis ni une excentrique ni une exaltée. N'empêche que mon mari est fou. » Et Mme Dumont-Dufour, comme si le Dieu de vengeance lui-même parlait par sa bouche, martèle : « Fou à lier, je vous l'ai dit, je vous le répète, fou à lier. Ah ! tout colonel qu'il était, la débauche, le jeu, l'alcool, les filles l'ont mis dans un joli état. »

Mme Blok dit à Mme Dumont-Dufour que grâce à certains récits de Bricoulet (qui a un ami directeur dans un asile dans la Seine-Inférieure) elle n'ignore pas les étranges ressources de la folie. D'un psychiatre, Bricoulet a recueilli tant d'histoires, que dans les dîners, il commence dès le potage et jusqu'à l'heure du départ continue, sans arrêter, des récits dont le folklore des asiles fait tous les frais. Les maîtresses de maison n'ont point à se fatiguer dans la direction des propos de table ou de salon. Honoré tient le crachoir, constate Mme Blok, il tient le crachoir et avec une telle maestria et une telle égalité que les convives, au gré de leurs natures, en ont pour des heures à rire, s'émouvoir ou s'effrayer.

« Mais les démences dont parle M. Bricoulet ne peuvent pas venir à la cheville de celle du colonel.

— Pas à la cheville ? Pourtant Bricoulet en sait des histoires de fou, en sait de bien bonnes.

— ... Mais qui ne vaudraient pas celles du colonel, car, figurez-vous, ma chère, depuis quatre ans le colonel, tous les matins, écrit la même lettre, oh ! pas à moi, bien sûr... »

Et Mme Dumont-Dufour, qui eût aussi bien pu être sphynx que juriste, pose une énigme à Mme Blok :

« Devinez à qui, depuis quatre ans, M. Edgar Dumont, colonel et fou, chaque jour, écrit une lettre qui reproduit exactement et à la même place les mots et aussi tous les détails et moindres signes de ponctuation, virgules, points sur les *i*, accents ? Devinez. Je vous le donne en dix, je vous le donne en cent, je vous le donne en dix mille. Devinez. »

Mme Blok, qui ne veut pas être au-dessous de la vérité s'excuse :

« Je n'ai pas d'imagination. »

Alors, Mme Dumont-Dufour n'attend plus pour proclamer :

« Tous les matins, le colonel Dumont écrit à Mme de Pompadour.

— Mme de Pompadour !

— Elle-même.

— La maîtresse de Louis XV ! Comme c'est curieux.

— Plus que curieux, extraordinaire, et, ce qui l'est davantage encore, c'est que les lettres se ressemblent et peuvent se superposer comme les épreuves d'un même cliché. Photographie du subconscient m'a dit le médecin. »

Mme Blok n'en revient pas.

Mme Dumont-Dufour de reprendre : « Photographie du subconscient. Je n'en suis pas plus fière. Photographie du subconscient, voilà qui nous fait une belle jambe. Ils me font rire avec leurs mots savants. N'empêche que mon pauvre Pierrot est bel et bien le fils et moi la femme d'un fou. »

Elle pleure : « Un fou.

— Un fou, répond l'écho.

— Pensez donc, encore deux mois et le colonel aura écrit quinze cents lettres à Mme de Pompadour. Il y a eu à son sujet une communication à l'académie de médecine. Mais la communication à l'académie c'est encore de la monnaie de singe. »

Puis, faisant les honneurs de cette folie comme tout à l'heure de son appartement : « Voulez-vous voir l'une de ces lettres ? Vous pensez, on ne les garde pas toutes à l'asile. Si le colonel vit encore vingt ans, il faudra ajouter une aile pour le dépôt de ses élucubrations. Le docteur m'en a confié plusieurs. Je les ai là dans mon secrétaire. Je vais vous les chercher... »

Mme Dumont-Dufour est revenue avec deux de ces lettres : « Regardez, comparez, vous voyez que la virgule de la troisième ligne correspond bien avec la virgule de la troisième ligne sur l'autre feuille. Regardez, comparez. »

Derrière son face-à-main, Mme Blok regarde, compare et lit :

« À Madame de Pompadour,
« En dépit du temps et de l'espace.

« Madame,
« Je vous salue.

N'allez pas croire que vous envoie un simple petit bonjour de cette maison, un corps aux yeux crevés dont, pourtant, il faut que je sois l'âme.

« Je suis prisonnier à Ratapoilopolis, Madame.

« La persécution commença dès Saint-Cyr, où mes camarades me baptisèrent Ratapoil. Elle se continue aujourd'hui et, colonel et inventeur, je suis condamné à pourrir dans une grande bâtisse, je vous le répète, marquise, un corps aux yeux crevés dont pourtant il faut que je sois l'âme.

« Madame la marquise de Pompadour, si un colonel de la IIIeme République s'adresse à vous, soyez bien persuadée qu'il n'ignore point à quels fâcheux commentaires va prêter cette correspondance. Le colonel Dumont écrit à la Pompadour. Je vois d'ici la tête des francs-maçons, de ma femme, du ministre, des amiraux et de tous les officiers de toute la Marine française. Les uns et les autres vont, à leur habitude, arguer de ma folie, comme ils n'ont arrêté de le faire, depuis le jour où, en Algérie, j'ai trouvé le moyen de supprimer les vaisseaux de guerre en attachant aux roues de canons des feuilles de palmier qui faisaient nageoire. Ainsi chaque pièce d'artillerie pouvait facilement, sans frais, devenir poisson mitrailleur.

« Le poisson mitrailleur. Parce que mon invention déplaisait au ministre, aux amiraux, aux officiers qu'elle rendait désormais inutiles, après avoir fait alliance avec ma femme, ils m'ont enfermé à Ratapoilopolis avec les fous. Et là, parmi les monstres de l'esprit et du cœur, je demeure le seul à posséder ma raison, mon génie d'inventeur.

« Un vieux dur à cuire, comme moi, ne sait pas, Madame, composer des bluettes. Je n'irai donc point par quatre chemins. Si j'implore votre bon cœur, c'est que, à parler franc, vous n'êtes pas ce qu'on appelle une femme de devoir. Bravo. J'en ai assez des femmes de devoir. La colonelle Dumont qui en est une m'apparaît de près et de loin comme une simple emmerdeuse.

« Une emmerdeuse. Excusez le mot, marquise. Il est rude, j'en conviens, mais lui seul donne idée du caractère et de la nature de la personne en question, car, si je ne suis pas encore fou, il faut bien dire que la fille du président Dufour, mon épouse, n'a jamais manqué de faire tout ce qu'il fallait pour que je le devinsse. Dans le plus innocent plaisir, elle découvrait un crime : « Pourquoi cet Amer-Picon, avant le dîner ? Si tu continues je cacherai cette bouteille comme j'ai déjà caché la bouteille de fine. On t'a vu sortir d'une maison à gros numéro. Tu n'as pas honte ! Un colonel de la IIIeme République. Noblesse oblige ! » Et elle n'arrêtait pas de la journée.

« Mme Dumont – qui, entre parenthèses, se fait appeler Mme Dumont-Dufour comme si elle avait honte de porter le nom d'un des plus grands inventeurs du XXeme siècle –, Mme Dumont n'est d'ailleurs point la seule à qui je suis bien forcé d'en vouloir. Je n'ai pas moins de griefs contre la République.

« Tant pis si cette lettre tombe entre les mains de ma femme. J'affirme que la République, avec son corps de pierre, ses seins d'acier et son tablier de bonne à tout faire, est un monstre, un monstre qui va pieds nus dans les terres labourées.

« Et certes, Madame, elle ne saurait porter ces jolis souliers dont les talons firent la gloire du règne de votre Roi, ces souliers à talons Louis XV avec lesquels une femme de devoir, du genre de Mme Dumont-Dufour, n'a jamais pu marcher.

« Je vous implore, Madame, vous et vos talons, de Ratapoilopolis.

« Serviteur, Madame.

« Colonel Dumont »

Mme Dumont-Dufour interroge : « Qu'est-ce que vous en dites ? »

D'un geste de la main, Mme Blok fait comprendre que si elle ne dit rien, elle n'en pense pas moins.

Alors Mme Dumont-Dufour de prendre enfin le ton de l'indulgence :

« Pauvre colonel, il est à plaindre au fond. Que son fils profite de la leçon. Oui, chaque fois que Pierre rentre tard dans la nuit ou un peu éméché, je lui donne son père en exemple... à ne pas suivre. Il a vu où mènent la boisson, la débauche. Mais les enfants sont étranges dans notre siècle, madame Blok. Pierre n'a pu s'entendre avec son père tant qu'il a vécu à la maison, eh bien ! croiriez-vous que maintenant il prend sa défense, en chaque occasion. Parfois, si bizarre est son jugement sur les êtres et les choses que j'en viens à me demander s'il n'est pas destiné lui aussi à finir à Ratapoilopolis.

« Ratapoilopolis. Quel nom. Il faut bien être fou pour l'avoir trouvé, surtout le colonel qui n'a pas d'imagination à l'état sain. *Polis*, ça veut dire ville en grec. Ratapoilopolis, ville des Ratapoils. À Saint-Cyr on appelait M. Dumont Ratapoil parce qu'il était tout velu. »

Mme Blok pense aux poils du colonel. Des poils sur le torse, les bras, les jambes, partout. Elle ferme les yeux. M. Blok avait la peau blanche, imberbe. Les doigts de Mme Blok où ressuscitent des fourmis se rappellent qu'ils aimaient à caresser cet épiderme parfait.

Tout de même, une peau sans poil est lassante. Les poils du colonel. Des poils drus sur une poitrine large, des poils qui font une prairie rugueuse, qui se divisent en allées jusqu'aux hanches étroites. Mme Blok ferme les yeux. Qu'elle a de peine à supporter son veuvage. Heureusement que Bricoulet n'est pas un matamore, l'automne de cette pauvre Herminie est si chaud qu'elle finirait par céder. Pourquoi se rappelle-t-elle à l'instant que Dimitri, qui n'était pas timide au lit, l'appelait « ma chère petite putain » ? Mme Blok n'est pas une vierge folle. Et pourtant dans quel état se met-elle, rien que de penser à un homme, au colonel. Sa main, cette petite main grasse et gantée, bien à plat sur le bras du fauteuil, elle l'imagine fourrageant la toison pectorale du colonel. Blok, lui, se parfumait. Pour le colonel, il doit sentir bien meilleur que l'œillet ou la fougère de Saint-Germain. Des narines ouvertes à deux battants découvrent l'odeur de l'Afrique, du lion, de la bête fauve, de l'homme, quoi.

Mme Blok ne manque plus d'audace :

« Il doit être devenu bien maigre là-bas à Ratapoilopolis.

— Oui, et déjà il était si sec, sec...

— ... Comme un coup de trique, achève d'un souffle, Mme Blok.

— C'est bien cela, sec comme un coup de trique et brutal.

— Moi j'avais un mari si doux qu'il en devenait vicieux. Du colonel, au moins, vous devez garder le souvenir d'un mâle.

— Un mâle... Suis-je donc une femelle pour que le souvenir d'un mâle me soit aussi agréable que vous semblez le supposer ? Ces choses-là ne m'ont jamais intéressée, madame. »

Et, pour faire honte à Mme Blok, d'expliquer sa vertu.

« L'amour, madame Blok, l'amour physique, c'est-à-dire la sorte d'amour dont sont seuls capables des hommes du genre de mon mari et les femmes qu'intéressent les hommes de ce genre, l'amour, madame Blok est une chose assez dégoûtante. D'abord ça tache les draps si on ne fait pas attention, et puis ça sent mauvais.

— Ça sent mauvais, comment pouvez-vous dire ? Je ne connais rien à la peinture, encore moins à la littérature, madame, mais j'aime la musique et je raffole des parfums ! Eh bien, si vous aviez le nez creux, vous sauriez que toutes les odeurs, au fond, à les respirer d'un peu près et avec attention sentent... oui, parfaitement.

— Le colonel, lui, sentait tout juste le bouc. Les poils de ses jambes me piquaient. Aussi après la naissance de notre fils avons-nous fait chambre à part. D'ailleurs, et même pendant notre voyage de noces, le colonel n'a jamais cessé de courir le guilledou. Je n'étais pas affamée au point de me contenter du reste des filles, des gueuses.

— Oh ! moi, je pardonnais à M. Blok, tous les soirs, et même dans les premiers temps de notre mariage, s'il lui prenait fantaisie (Mme Blok est gênée), oui, s'il lui prenait fantaisie, l'après-midi.

— L'après-midi. Vous étiez une faible femme, Herminie.

— J'avais besoin d'amour, Louisa.

— Et vous appelez amour les exigences d'un homme en rut. Tous ces sales gestes. Je me trouve honteuse, rien que d'y penser. Je ne suis pourtant pas bégueule. Des caresses vous troublaient à ce point Herminie ?

— J'avais chaud contre la poitrine de Dimitri, c'était son petit nom, et il suffisait même qu'il mît ses bras autour de ma taille pour que je fusse heureuse.

— Dites que vous aviez M. Blok dans la peau.

— Je le dirai si vous voulez.

— Ainsi vous avez eu un homme dans la peau. Vous avez aimé. Pauvre amie. Moi jamais. De là vient ma force.

— Je vous admire, Louisa, je vous envie.

— Mon père, le président Dufour, avait fait de moi une femme de devoir, et femme de devoir je suis demeurée.

— Moi, quand j'avais dix ans déjà je me demandais ce que pouvait être l'amour. Je restais des heures entières, assise dans un coin, sans bouger. Mes parents vantaient ma sagesse, et moi j'avais un peu honte de leurs compliments.

— Vous aviez honte, et, certes, il y avait de quoi. Je vous aurais douchée si j'avais été votre mère.

— Elle ne savait pas à quoi je pensais.

— C'est juste ! »

Mme Blok se laisse aller à ses regrets :

« Maintenant, je suis une vieille femme, je suis veuve. J'ai une grande fille. Mon cousin Bricoulet m'épouserait bien, mais Diane le déteste. Alors, je demeure condamnée à la solitude depuis le jour où M. Blok m'a quittée. Je l'aimais et pourtant c'est de sa propre volonté qu'il m'a laissée. Il s'est suicidé.

— Diable, diable. Sans doute avait-il fait de mauvaises affaires ?

— Non.

— Peut-être avait-il un enfant naturel ?

— Pas que je sache.

— N'aurait-il point par hasard attrapé quelque inavouable maladie ? On ne peut tout de même pas se tuer sans raison, chère amie.

— M. Blok pourtant n'avait pas fait de mauvaises affaires, n'avait pas eu d'enfant naturel, ni attrapé d'inavouable maladie.

— Alors ?

— N'empêche qu'il s'est tué.

— S'il s'est tué, il faut expliquer pourquoi ? »

Mme Dumont-Dufour a pris le ton de menace. Sans doute croit-elle qu'on lui cache la vérité. Mme Dumont-Dufour est un esprit clair. Dût-elle être martyrisée, elle répéterait jusqu'à la consommation des siècles que, si M. Blok s'est tué, il y a une raison, et pas une raison en l'air. Sinon, il n'est pas mort.

Et voici que déjà Mme Dumont-Dufour met en doute la mort de M. Blok. Sa veuve proteste, mais telles sont les objections de la causaliste que, si la porte s'ouvrait pour laisser entrer Dimitri, soudain rendu au monde des vivants, Herminie ne s'étonnerait guère.

« Vous dites que M. Blok n'est pas mort, qu'il ne s'est pas tué, Louisa ?

— S'il est mort, s'il s'est tué, donnez-moi des raisons.

— Des raisons, des raisons ? » Mme Blok n'en manque pas, mais ce sont des raisons dont Mme Dumont-Dufour ne saurait pas se contenter. Aussi, elle est désolée de n'en point trouver d'autres.

« Dites toujours.

— Eh bien, voilà. *Primo*, commence Mme Blok aussi intimidée que si elle passait son baccalauréat et aussi peu sûre d'elle-même que si elle avait par exemple à énumérer les affluents de la rive droite du Mississippi, *primo*, on se suicide beaucoup dans la famille Blok. J'avais été prévenue avant mon mariage, et ma grand-mère de la rue de Grenelle-Saint-Germain, qui avait épousé un homme roux et avait eu la moitié de ses enfants de la couleur de son mari, m'avait dit : « Tu sais, petite, le suicide c'est comme les cheveux poil-de-carotte. Pure affaire de chance. Les uns y échappent. Les autres pas. »

— L'hérédité israélite sans doute... insinue Mme Dumont-Dufour.

— Mais, chère amie, M. Blok n'était pas juif. Il était russe.

— Juif ou russe, je ne sais lequel vaut mieux. Au nom du Ciel, Herminie, comment avez-vous pu vous laisser aller jusqu'à commettre une telle imprudence. Épouser un Russe !

— Dimitri s'était fait naturaliser.

— Le sang qui coulait dans ses veines en a-t-il changé du coup ?

— Évidemment non.

— Alors, vous avez été victime du charme slave, Herminie.

— Je l'avoue, Louisa.

— Vous vous en repentez ? »

Mme Dumont-Dufour droite dans son fauteuil a grand air. Elle ressemble à la reine d'Angleterre, impératrice des Indes dont les omoplates n'ont jamais eu la faiblesse de toucher le dos d'un siège. Mme Dumont-Dufour a grand air. Ses traits se pétrifient. Elle incarne la justice. On dirait d'un grand inquisiteur au superlatif. Va-t-elle brûler Mme Blok dans sa salamandre, si Mme Blok, sur-le-champ, ne confesse qu'elle a bel et bien été victime du charme slave et n'abjure ? Mme Blok a peur. Mme Dumont-Dufour insiste :

« Vous défendez-vous ?

— Il y a une fatalité.

— La fatalité c'est un mot.

— Pourtant vous, qui aviez mis toutes les chances de votre côté, n'avez pas fait un mariage d'amour, mais avez épousé M. Dumont sans être victime d'aucun charme, vous n'avez pas été heureuse.

— Oui, mais j'ai ma conscience pour moi.

— Et moi quelques beaux souvenirs. Le soir de mes fiançailles, le jour de mon mariage, ma nuit de noces. »

Un soir de fiançailles, un jour de mariage, une nuit de noces ! En vérité, il n'y a pas de discussion possible avec Mme Blok. Une nuit de noces ! Mme Dumont-Dufour éclate. Elle rit jaune, elle rit rouge, elle rit avec la gorge, le nez, la bouche, les yeux. Elle rit de toutes ses rides, les présentes et les futures, de tout son corps dont les os se disloquent sous du crêpe marocain noir. Mme Dumont-Dufour rit et ne fait pas semblant. Une nuit de noces ! Mme Blok ce n'est pas possible, vous vous moquez, une nuit de noces. Parlons-en des nuits de noces, Mme Dumont-Dufour n'a pas oublié la sienne :

M. Dumont, qui était alors capitaine, sans même prendre le temps de quitter ses bottes (il avait tenu à se marier en officier) la mordit à l'épaule, ne l'embrassa point, non la mordit à droite et près de la clavicule, et cela tandis que la jeune épousée se dévêtait dans le cabinet de toilette conjugal. M. Dumont avait des lèvres comme du papier de verre, une moustache en crin et l'air féroce. Alors, Mme Dumont, qui en une minute, avait décidé qu'elle serait malheureuse et femme de devoir, ferma les yeux et se laissa traîner jusqu'au lit où elle permit au capitaine qui n'avait toujours pas quitté ses bottes de devenir son mari. Le tout eut lieu sur le couvre-pied que de ses propres mains elle avait brodé au temps des fiançailles, car M. Dumont aussi brutal que peu soigneux n'avait même pas ouvert les draps. Et la victime de subir ce rut sans se demander si de la douleur précise qui en naissait ne pourrait pas quelque jour venir de la joie. Repu, le capitaine abandonna le corps qu'il avait meurtri afin d'aller quitter ses bottes, sa culotte et sa chemise, et lorsque la jeune mariée enfin rouvrit les yeux, ce fut pour saisir, sur un grand corps habillé de ses seuls poils, des détails rouges qui bientôt s'exagérèrent au point qu'un diable nu dont s'effrayait la nouvelle mariée lui donna soudain idée d'une cafetière géante d'os et de peau.

Telle fut la nuit de noces de la femme du capitaine Dumont. Mais si Mme Blok a connu des extases que sa pauvre amie s'avoue bien incapable d'imaginer, pourquoi mon Dieu, pourquoi Mme Blok alors se plaint-elle.

« Je ne me plains pas.

— Je prends acte de cette déclaration. »

Voilà le jugement prononcé. Mme Blok sera condamnée à ne pas être plainte. Mais puisqu'elle prétend que M. Blok s'est suicidé, qu'elle donne des raisons qui fassent cette mort vraisemblable.

Il est répondu que si, primo, on se suicide beaucoup, dans la famille Blok, Mme Blok pense que, secundo, son époux curieux des sensations rares ne s'est peut-être tué que pour connaître l'impression de la mort.

« Dame, note judicieusement Mme Dumont-Dufour, c'était un Russe.

— Mon Dieu, oui, et un mystique aussi ! Par exemple, il tenait de tels propos lorsqu'il avait bu. »

Il devenait tout drôle, serrait Herminie bien fort dans ses bras, et d'une voix rauque :

« Femme, mon bonheur terrestre ne me suffit pas. Toi, la petite, vous êtes des accidents et Dimitri Ossipovitch ne saurait borner sa destinée. »

Mme Blok essayait bien de lui faire entendre raison.

« Des accidents Dimitri ! Tu ne te rends pas compte. »

Mais lui, toujours à son obsession : « Les bateliers de la Volga ont des mains qui saignent, les cordages s'impriment par la douleur dans leurs doigts. La faim a sculpté leurs visages. Ils ont froid, ils ont chaud, mais qu'importe. Leurs chansons répétées comme le ciel, plus tristes que le fleuve, sont aussi douces à leurs cœurs que l'air natal aux poumons de l'homme ! Quand reverrai-je mon pays, quand pourrai-je à nouveau entendre les bateliers de la Volga, Herminie...

— Si tu aimes le chant, nous irons demain à l'Opéra-Comique. On donne *Le Roi d'Ys*.

— Il ne s'agit pas du *Roi d'Ys*, pauvre femme, il ne s'agit même pas de chanson, mais de ce souffle qui traverse nos steppes, suit nos fleuves, et se retrouve n'importe où en Europe, dès que les proscrits ou les évadés de Sibérie se rappellent leur pays, la sainte Russie.

— La sainte Russie... Je comprends Dimitri, mais, ici, en France, tu as ta femme, la petite Diane qui grandit, se mariera un jour, aura des enfants.

— Qu'importe. Les bateliers de la Volga, Herminie, et leur triste sort, dont la monotonie finit par devenir un bonheur... »

Et après un rêve silencieux de quelques minutes, à nouveau, il s'obstinait : « Ma femme, ma fille, des accidents. Diane se mariera, aura des enfants. Tant mieux pour elle, moi je mourrai pour la Russie et je n'aurai pas besoin de vos orgues, de vos couronnes, ni des sales paroles de pitié. Je défends qu'on prie sur ma dépouille, qu'on pare mon cadavre, qu'on lui creuse une tombe. Ce n'est pas à la terre d'Europe que je veux faire don de mon corps, mais aux fleuves de mon pays, à la Volga. Que j'y devienne poisson, et qu'un jour quelque pêcheur me pardonne, me ramène jusque dans sa cabane pour le miracle d'une résurrection sur les rives de la Russie, de la sainte Russie dont mon père fut chassé. Car je suis fils de proscrit, et l'orthodoxie... »

Alors commençaient des histoires de tsar et d'orthodoxie auxquelles Mme Blok avoue qu'elle ne comprenait goutte, et, invariablement, Blok concluait :

« Déjà mon père, mon grand-père se sont tués pour échapper au plus triste sort. Je vois leurs âmes qui flottent alentour. Bonjour mon père Ossip Alexandrovitch, bonjour mon aïeul Alexandre Fédorovitch, bientôt Dimitri Ossipovitch vous rejoindra. Ici, j'ai ma femme Herminie, ma fille Diane. Qu'importe ? D'ailleurs, Herminie, tu n'es qu'une Européenne.

— Et toi, qu'es-tu donc ?

— Un Russe, Herminie. Un Russe qui méprise l'à-peu près où ses forces s'épuisent. J'ai pitié de toi, de la petite Diane, qui un jour, se mariera, aura des enfants. J'ai pitié, mais la pitié n'enchaînera ni mon esprit ni mon cœur. Encore un verre de vodka.

— Dimitri, tu bois trop.

— Et si je vous tuais avec moi, toi et la petite Diane ?

— Dimitri, au nom du Ciel !

— C'est bon, je vous laisserai vivre. »

Là-dessus le plus souvent il s'endormait.

Mme Dumont-Dufour se récrie : « Supporter de telles scènes, entendre de telles injures ! » Mais ce Blok traitait sa femme comme la dernière des dernières. Herminie était une Européenne. Mais lui, qui est-il sinon un sauvage, un Russe. Le Russe c'est un autre genre que le juif, mais en vérité, Mme Dumont-

Dufour serait bien en peine de dire lequel est le meilleur des deux. Les Russes, les juifs et cette invention d'après-guerre, les Américains, voilà qui ne vaut pas lourd. Le meilleur ami de Pierre est un Américain. Mme Dumont-Dufour a déjà parlé à Mme Blok de cet Arthur Bruggle, venu en Europe comme laveur de vaisselle. Bien entendu Pierre qui a le goût du bizarre s'émerveille du voyage de Bruggle autant que de la folie de son père. À noter que cet Arthur Bruggle est un adolescent aux mains longues qui marche en dansant comme une panthère et a des yeux d'animal. Un phénomène quoi. Et d'abord avec un nom comme le sien, il devrait avoir des joues rouges et beaucoup d'optimisme, auquel cas, d'ailleurs, Pierre qui se vante d'aimer les plus extraordinaires des créatures n'en eût pas fait son ami. Mais laissons là Bruggle, les Américains, les juifs et revenons à nos Russes et à M. Blok envers qui sa femme s'est montrée vraiment trop indulgente. Pourquoi lui permettait-elle de la traiter aussi mal ? C'est à ne pas croire. Mais qu'espérait-elle donc d'un tel homme.

« Rien, Louisa. »

Rien, car l'amour seul liait à celui du Slave le destin d'Herminie.

C'est juste. L'amour. Péché avoué, péché à moitié pardonné, et puis aussi à tout péché miséricorde. Puisque Mme Blok s'est confessée, qu'elle ne soit pas accablée, mais qu'elle continue son récit. Donc ce suicide...?

... Ce suicide, celle qu'il rendit veuve se le rappelle dans tous ses détails, oui, dans tous ses détails, comme s'il datait d'hier.

Mme Dumont-Dufour se cale dans sa bergère, et prononce un « alors » qui veut dire exactement : « Allons-y. »

Et on y va.

Déjà la victime a commencé. Début de juillet 1914.

Un samedi soir. Les Blok vont quitter Paris et le tailleur de Monsieur a livré dans la journée un costume à grands carreaux. Du salon de Mme Dumont-Dufour et après plus de onze ans, sa pauvre femme voit encore ce tableau. Dimitri en manches de chemise et culottes courtes, qui pour divertir la petite Diane s'amuse à faire des galipettes, car il est fort agile, en dépit de ses quarante ans bien sonnés, et vous exécute un petit saut périlleux sans le moindre effort. Le soir de sa mort, il est vrai, il dut se contenter de quelques entrechats, car les Blok avaient du monde à dîner et Madame, à sept heures et quart, interrompit les ébats de son époux pour qu'il allât revêtir son *smoking*.

Toujours de parfaite humeur, plaisantant même, car il était vraiment à la bonne franquette, il sonne la femme de chambre, la prie de préparer sa chemise, etc., et tandis qu'il s'apprête à passer ladite chemise, Madame, d'une pièce voisine où elle troque ses jupe et blouse d'après-midi contre une robe de dîner toute neuve, une petite merveille en satin crème et rose, Madame interroge Monsieur : « Dimitri as-tu sorti les liqueurs ?

— J'avais oublié ma bonne. J'y vais tout de suite. »

Et de gagner son bureau où se trouvent les alcools.

Huit heures. Mme Blok au milieu de ses invités resplendit, tout satin crème et rose.

Huit heures et quart, que Dimitri est long à s'habiller.

Huit heures et demie : les invités se regardent, la conversation languit. Une main froisse des satins crème et rose.

Neuf heures moins un quart. Le domestique va prévenir Monsieur qu'on l'attend pour servir.

Neuf heures moins dix : le domestique revient bredouille. Monsieur n'est ni dans sa chambre ni dans son cabinet de toilette.

Neuf heures moins cinq : Mme Blok ne peut plus

ouvrir la bouche. Elle croit qu'un volcan va faire irruption à l'extrémité de chacun de ses doigts. Elle se trémousse et voudrait casser une pendule qui la nargue, une pendule Empire qu'elle se met à détester et dont voici quelques instants elle était encore si fière.

Neuf heures moins quatre, neuf heures moins trois.

Elle se lève.

Neuf heures moins deux. Elle est droite au milieu de ses invités, d'une telle pâleur dans son satin crème et rose qu'un seul cri emplit le salon. Mais personne ne se lève. Les voyez-vous tous, les invités des Blok cloués dans leur fauteuil. Et il leur faut deux heures pour clamer leur effroi : « Herminie. » Deux heures. Mais non, Mme Blok ne se rend pas bien compte. La pendule marque moins une. Serait-elle devenue folle, ou la pendule ? Ni elle ni la pendule, mais déjà les invités n'ont plus faim. Ils savent qu'un autre régal leur est promis. Quand, tous en chœur, ils ont prononcé le nom de Mme Blok, ce n'était pas pour la supplier de ne pas faire un pas en avant, mais, au contraire, pour l'exhorter. Mme Blok n'a plus son intelligence des jours de semaine, ni même celle des dimanches. Mme Blok commence à se rendre compte qu'une fatalité va la faire sœur des plus terribles dieux. Et toutes ces pensées qui s'entrechoquent, et de toutes ces pensées entrechoquées des étincelles, et des étincelles un incendie. Le cerveau d'Herminie est en feu. Un feu qui éclaire le cercle des invités. Les invités aux visages pâles, aux yeux blêmes, aux lèvres noires, aux têtes de morts. La mort. Mme Blok devine la mort. Et cette pendule qui n'avance plus.

Enfin neuf heures. Il y a juste une heure qu'on eût dû annoncer : « Madame est servie », et voici Mme Blok qui se rappelle qu'on se suicide beaucoup dans la famille Blok, voici Mme Blok, une vraie pierre au milieu de son satin crème et rose, voici Mme Blok la main droite sur le bouton de la porte qui mène du salon au bureau, voici Mme Blok, statue du malheur, qui attend que les neuf coups aient fini de sonner pour ouvrir et annoncer elle-même : « M. Blok est mort. »

M. Blok est mort...

... Et la férocité des invités dont les regards lancent d'inexorables faisceaux de points d'interrogation.

M. Blok est mort. La maîtresse de maison doit expliquer : « M. Blok est mort, il s'est suicidé, il s'est pendu... »

Les invités quittent leurs chaises, se précipitent. Les femmes ont beau mettre leurs bras nus devant leurs yeux, elles sont décidées à ne rien perdre du spectacle. Un pendu. Pensez donc. Et personne n'écoute Herminie qui se lamente : « Pourquoi lui ai-je demandé d'aller chercher des liqueurs ? Il a bu presque tout un flacon de vodka puis s'est tué. » Elle hurle : « Dimitri, Dimitri. » Les domestiques arrivent, se mêlent aux invités. Un chef de chez Rebattet domine la situation de son bonnet blanc.

Un homme propose de dépendre le cadavre. Les femmes battent des mains. Mme Blok, chancelante contre un mur, voit les invités qui s'agitent maintenant autour de Dimitri qu'on a déposé sur un canapé. Quand ils ont bien fait semblant de vouloir le rappeler à la vie, ils s'excusent et s'en vont. Non sans avoir partagé la corde. Dame, ça porte chance, et à l'arrivée du commissaire on ne trouvera plus le moindre bout de ficelle.

Pauvre Mme Blok. Tout de même on lui dit qu'en somme elle a eu de la chance, car si M. Blok n'était pas mort, avec son caractère et le goût immodéré de la vodka, qui sait, avec le vent de destruction et de rage qui souffle à travers le monde depuis plusieurs années, qui sait s'il ne serait pas devenu tout simplement bolchevik.

La paisible Mme Blok, la mère de Diane, se voit-elle avec un mari bolchevik ? Non, non, mieux vaut encore un suicidé, dans une famille, un suicidé ou un fou qu'un communiste. La faucille et le marteau ? Et M. Blok qui sans doute appellerait sa concierge camarade ?

Certes il eût été préférable que son mari choisît pour quitter cette terre un jour où personne ne dînait chez lui. S'il avait été bien élevé, d'ailleurs, il ne se serait pas pendu en manches de chemise et en pantalon court. Oui, cette mort un soir où il avait des invités est pour M. Blok bien plus déshonorante qu'on ne saurait dire. Elle montre tout ce que par la suite eût été capable de faire un tel homme, s'il eût vécu. Elle montre aussi que sa veuve a bien du temps de reste, si elle le plaint.

S'il s'était montré un peu moins tête fêlée, en admettant qu'il eût la ferme intention de se tuer, s'il s'était donné la peine de réfléchir et avait par exemple attendu quelques semaines ; la guerre venant, il eût trouvé la mort qu'il souhaitait, et sa femme, sa fille, au lieu d'en être lésées, eussent au contraire été en droit d'en tirer une légitime vanité, car, n'est-ce pas Herminie ? la guerre a eu au moins l'avantage d'arranger bien des choses dans les familles qui avaient de la chance. Et certes si Mme Dumont-Dufour était née sous une bonne étoile, nul doute que le colonel ne fût tombé à la tête de ses troupes. Alors, il serait devenu un héros. Peut-être y aurait-il à Auteuil une rue du Colonel-Dumont. Au lieu de quoi, aujourd'hui dans son cabanon, avec son Ratapoilopolis il est tout juste bon à distraire des médecins et à tourner la tête de son fils.

Pour M. Blok, puisqu'il est mort, vive M. Blok, mais comme ces dames ont juré de tout confesser, Herminie serait-elle assez bonne, étant donné qu'elle a eu un pendu dans sa maison, Herminie serait-elle assez bonne pour dire à sa chère Louisa si ce qu'on dit est vrai.

Herminie a grand-peur. Que dit-on Louisa ?

Louisa sourit. Elle est assez gênée, baisse la voix, ton de la confidence, tourne sa langue dans sa bouche, plutôt quatorze fois que sept et finit par déclarer qu'elle n'ira point par quatre chemins, que si une mandragore n'a point poussé entre les lattes du parquet dans l'appartement de Blok, là où Monsieur s'est suicidé, elle voudrait tout de même être fixée et savoir si ce qu'on affirme des pendus et ce qu'elle-même a lu dans un roman, dont elle ne se rappelle pas le titre, et qu'elle avait acheté dans une gare pour passer le temps en chemin de fer...

Mme Blok n'y est pas du tout.

Où Mme Dumont-Dufour veut-elle en venir ?

Des fauteuils se rapprochent. Chuchotement et question difficile à poser. Mme Blok qui doit y répondre devient pivoine.

« Oh ! ma chère je n'ai pas été y voir. C'est le domestique qui l'a déshabillé et enseveli ; tout ce que je puis vous dire c'est que la culotte à grands carreaux qui pourtant n'avait jamais été portée s'est tout de suite mangée aux mites et justement à l'entrecuisse.

— Ce serait donc vrai ? »

Mme Dumont-Dufour demandera des précisions à son médecin, et elle fera part à son amie des résultats de son enquête.

Grâce à la dernière question de Mme Dumont-Dufour, Mme Blok a le sentiment du devoir accompli. Maintenant, elle en a raconté assez long, elle peut se lever, prendre congé...

« Mais ma chère Herminie, vous venez d'arriver, nous n'avons pas encore eu le temps de parler. Ainsi je ne vous ai pas même demandé des nouvelles de cette chère Diane.

— Diane se porte à ravir. Et Pierre ?

— Oh ! Pierre n'est pas sérieux. » Mme Dumont-Dufour qui n'est pourtant pas bégueule – elle l'a prouvé avec son histoire de Ratapoilopolis et sa question à propos de la mandragore –, Mme Dumont-Dufour n'oserait pas raconter le quart des bêtises, non le mot n'est pas assez fort, des inconvenances – encore trop faible, il faudrait presque dire : des monstruosités – que Pierre ne craint pas de commettre. Comme lui dit sa mère, son père qui a fait bien des sottises n'aurait jamais été jusqu'à imaginer même quelques-unes de celles qui constituent l'ordinaire du jeune Dumont. Ainsi, comme si la journée ne lui suffisait pas, fort souvent il découche. M. Dumont, lui, trompait sa femme de cinq à sept, rentrait dîner, et à neuf heures et demie comme il disait : « Au pieu. » Voilà qui était sinon convenable, du moins méritait encore d'être à peu près toléré ! Mais Pierre, Pierre...

Mme Blok voit le portemanteau marocain que Mme Dumont-Dufour qui a des idées originales quant à l'ameublement a fait édifier. Eh oui ! édifier, il s'agit bien d'une véritable architecture, avec des plats de cuivre que le colonel a rapportés de Fez et des bois incrustés de nacre, décorés de ces lettres arabes qui sont d'un si joli effet. Plats de cuivre, bois incrustés, les divers éléments ont été mêlés, raboutés, là-dessus trois patères, et vous avez le meuble qui, dès l'entrée, annonce aux visiteurs qu'ils pénètrent dans l'appartement d'une femme de goût. Eh bien, la semaine dernière cette petite merveille d'art islamique et d'imagination européenne s'est trouvée sérieusement endommagée par le jeune Pierre Dumont :

« J'avais enfin, raconte Mme Dumont-Dufour, réussi à m'endormir, lorsque sur les trois heures du matin je suis réveillée en sursaut par un charivari de tous les diables. Je me demande si ce sont des cambrioleurs, me lève, prends mes pincettes pour me défendre et me précipite. Le portemanteau était à terre et sous le portemanteau mon fils se démenait chère amie, le chapeau de guingois, le col défait, le regard vague, les mains agitées, bref, dans un tel état que je ne l'aurais pas touché même avec des pincettes.

« Vous croyez sans doute que Pierre a été gêné ? Pas le moins du monde. Au contraire, il semblait s'amuser de tout son cœur et il a ri de mes bigoudis, de ma robe de nuit. Sans doute les dames qu'il fréquente ont-elles l'habitude de dormir toutes nues ? Tout ce qui est convenable lui semble ridicule. Je l'entends encore qui hoquetait : « La liquette, les bigoudis. » Je veux l'aider à se relever, fais mes observations : « Pierre tu es ivre, pas même ivre, soûl, soûl comme une bourrique. L'exemple pourtant, mon petit, ton père au cabanon. » Mais allez parler sagesse à ce jeune fou. Il m'attrape par le bas de la chemise, s'y agrippe avec une telle force qu'il la déchire, me déclare qu'il va me faire ses confidences, toutes ses confidences, puis tout à coup déclare : « Je veux encore m'amuser, maman mets ton chapeau et viens boire du whisky à Montmartre. »

« C'en était trop. Je suis rentrée dans ma chambre, où j'ai passé le reste de la nuit à pleurer. J'espérais des excuses pour le lendemain, eh bien, dès le réveil, notre jeune jouvenceau téléphonait, tenez, je me rappelle, c'était à votre fille, cette chère Diane, et lui racontait tout, parlait de mes bigoudis, de ce qu'il appelle ma liquette, louait ses métèques d'amis et toute cette clique qui tourne la tête de nos enfants, bouleverse nos familles. Et moi qui ne demandais qu'à voir mes petits-enfants.

— Mais votre fils peut se marier.

— Pensez-vous avec les habitudes qu'il a prises... » Mme Dumont-Dufour semble en vouloir dire long. Mme Blok n'est pas une ignorante. Elle sait que l'amour prête à bien des combinaisons.

Et puis Mme Blok est mère. Elle a beau laisser à Diane la bride sur le cou, son devoir est de ne rien négliger pour savoir à quoi s'en tenir quant à ses amis.

Aussi avec douceur mais fermeté questionne-t-elle :

« Pierre serait-il anormal ? »

Mme Dumont-Dufour se réserve les droits du ministère public et elle n'aime pas qu'on accuse les siens (excepté le colonel bien entendu qui, d'ailleurs, ne fait point partie de la famille). Elle seule peut juger, condamner, absoudre.

Alors à Mme Blok qui répète sa question : « Pierre serait-il anormal ? » avec une grande indulgence :

« Non, il est simplement un peu dégénéré.

— Un peu dégénéré, gronde une voix derrière la porte.

— Quand on parle du loup, remarque Mme Dumont-Dufour... Voilà justement notre Pierre qui rentre. »

Pierre est dans le salon.

« Bonjour, madame Blok, bonjour aimable madame d'un fils dégénéré.

— Bonjour, Pierre, bonjour, mon enfant.

— Êtes-vous anormale, madame Blok ?

— Pierre je t'en prie.

— Êtes-vous dégénérée, ma mère ?

— Mon enfant, quelle mouche t'a donc piqué ? »

Mme Blok pense que le mieux est de vider les lieux. Elle se lève. Au revoir. Au revoir. Bonjour à Diane. À bientôt chère amie ! Mme Dumont-Dufour et son fils restent seuls.

II

Ratapoilopolis ?

Pierre fait le tour de la table bouillotte, où sont encore sucrier, napperon, tasses, soucoupes et tous ustensiles dont une honnête femme, amie de l'ordre et d'une pompe raisonnable, use pour le thé.

Pierre choisit un petit carré de toile diaphane et, crac, crac et crac, se met à faire de la charpie. D'un chef-d'œuvre de lingerie fine, il ne reste qu'une petite boule, à terre. Un jeune vandale déclare : « Ça va mieux », puis à sa mère, dans le blanc de l'œil : « Vous me faites rigoler. »

Le salon d'Auteuil est un calvaire, une malheureuse femme s'y tient prête à de nouvelles douleurs, tandis que le garçon, un vrai lion en cage, mâche des mots. La malheureuse femme : « Seigneur que la terre est basse, n'entendez-vous pas ses jointures qui crient, on dirait d'un squelette », ramasse des bouts de chiffon sur le tapis et se relève le sang au visage, pour demander à Pierre qui sifflote – il se croit dans une écurie, ma parole :

« As-tu donc perdu tout sens du respect ?

— Le sens du respect ? »

Mme Dumont-Dufour reçoit en pleine figure un nouveau : « Vous me faites rigoler », et peut voir Pierre qui se tient les côtes, comme s'il allait crever de rire. Mme Dumont-Dufour qui n'a pas dit son dernier mot, cherche – mon Dieu donnez-nous notre pain quotidien – quel pourra être le début d'une scène qu'elle ne peut ni ne doit manquer.

Elle n'y va pas par quatre chemins.

Tout bonnement :

« Pierre, j'attends tes explications.

— Quelles explications ?

— Tu sais bien. »

Pierre ne sait pas et constate : « Si explication il doit y avoir nous serons encore là dans huit jours, mais que Mme Dumont-Dufour, avant de chanter pouille, commence donc par dire à son fils pourquoi elle l'a traité de dégénéré. »

Du coup c'en est trop. Ainsi Pierre a l'audace de demander pourquoi sa mère l'a traité de dégénéré, comme s'il ne savait pas de quelles raisons s'autorise ce jugement.

Les amis de Pierre, d'abord, Mme Dumont-Dufour, dépositaire de la sagesse des nations, après un petit : Dis-moi qui tu hantes... énumère les mauvais instincts, les vices (dont, du reste, elle avoue, faute de perversité naturelle, ne pouvoir imaginer tous les détails) de ces artistes venus en Europe, on ne sait de quelle vague Amérique, en lavant la vaisselle.

Pierre l'arrête : « Vous parlez de Bruggle. S'il a lavé des assiettes sur son paquebot...

— Ah ! ah ! je te vois venir. Monsieur qui ne serait point capable de ranger ses affaires n'a d'admiration que pour les va-nu-pieds, les étrangers sans aveu qui ne tarderont point à devenir les maîtres de notre pays. »

Pierre hausse les épaules.

Mme Dumont-Dufour reprend : « Et il n'y a pas que tes amis. On pourrait te faire des reproches jusqu'à demain. Les piqûres par exemple.

— Quelles piqûres ?

— Ne prends pas cet air innocent. La cocaïne...

— Mais puisque, je vous l'ai déjà dit cent fois, la cocaïne ne s'absorbe point en piqûre, mais par le nez. Une pincée de poudre blanche sur une lime à ongles. On renifle et le tour est joué.

— Une pincée de poudre blanche sur une lime à ongles ? Pierre tu te moques de ta mère. C'est mal.

— Je ne me moque pas. J'essaie de vous instruire.

— Ni ton insolence ni tes mensonges n'auront raison de moi. Je sais à quoi m'en tenir. Toutes ces drogues se prennent en piqûres.

— Si vous savez mieux que moi. Vous vous êtes sans doute déjà piquée à la coco ? »

Vous entendez, Pierre demande à sa mère si elle a pris de la coco. Un fils qui ose concevoir que sa mère soit ou ait été cocaïnomane. Voilà bien le moment de répéter : « Pierre tu as perdu tout sens du respect. »

L'insolent a réponse à tout :

« Le sens du respect, comment l'aurais-je pu garder avec vous qui passez votre temps à vous moquer d'un pauvre homme qui n'a pas eu de chance ?

— Un pauvre homme qui n'a pas eu de chance ! C'est de ton père que tu veux parler ? Tu es poli pour sa femme, ta mère. Et voilà qui est d'une jolie morale : un monsieur s'alcoolise, court le guilledou, tant et si bien qu'il en perd la raison, et son fils, au lieu de réfléchir et de s'inspirer d'un si triste exemple, pour choisir une vie sage et saine, son fils, parvenu à l'âge de juger, au lieu de plaindre sa mère se rit d'elle. D'un individu que ses débordements ont mené au cabanon, il constate : « Il n'a pas eu de chance. »

Aussi vrai qu'il y a sur la cheminée du salon d'Auteuil un bronze de Barbedienne, trône dans le ciel un Dieu vengeance au nom de qui Mme Dumont-Dufour peut prédire, dès aujourd'hui, que les drogues et des amis tels que Bruggle ne sauraient tarder à valoir à ce malheureux enfant ce qu'ont déjà valu des débordements pourtant moins déréglés à certain colonel de sa connaissance. Tel père, tel fils...

Et après le ton réquisitoire, la fille du président Dufour de prendre le ton « chef de gare ». « En route, en route pour Ratapoilopolis. »

Pierre serre les mâchoires.

On lui désigne à nouveau les rails qu'il va suivre jusqu'à la démence. « En route pour Ratapoilopolis. » Des dents grincent les unes contre les autres. Il ne répond pas un mot à Mme Dumont-Dufour qui triomphe, mais silencieux, se répète à lui-même qu'il est le fils d'un homme qui voulut attacher des palmes aux roues des canons pour les transformer en poissons mitrailleurs. C'est là pour sa mère un acte type, l'acte étalon selon quoi, jusqu'à la consommation des siècles, si le hasard veut que Pierre fasse souche, se mesurera la folie de la descendance des Dumont.

La folie.

Mme Dumont-Dufour ne perd pas une seule contraction du visage de Pierre.

La folie. On dirait qu'elle la dispense, en fait, des petits paquets de mauvais sort dont elle bombarde, de son appartement d'Auteuil – pan, pan et vlan, en veux-tu en voilà ! –, les hommes qui ont trompé leurs femmes ou bu trop d'Amer-Picon, et les jeunes gens qui aiment les *cocktails* et rentrent à la maison, passé minuit.

Et certes, elle n'est pas loin de penser que si le colonel est aujourd'hui dans un asile c'est qu'après en avoir vu de toutes les couleurs, elle était bien en droit d'obtenir sa petite vengeance. D'où cet air souverain et cette supériorité, lorsqu'elle déclare de sa bergère, sur un ton de chef de gare : « En route pour Ratapoilopolis. »

Ratapoilopolis ?

Les mâchoires de Pierre sont serrées à craquer. Ses yeux fixes ne voient rien, ne peuvent plus rien voir. Une femme sans lèvres à côté de lui sait ce qu'elle veut. Elle va prouver à son fils qu'il est dégénéré car, si elle a renoncé à sa part de bonheur terrestre, elle a bien droit, n'est-ce pas, à quelque compensation. D'où son habitude de rendre des arrêts, de ne jamais avoir tort. Elle se tuerait à bâtir des raisonnements, à chercher des preuves, pour défendre le moindre de ses dires. Mais avec Pierre inutile de se fatiguer, il n'est pas bien fort ce petit. Un ou deux mots bien placés et on l'a. Il a beau faire le matamore, discourir de tout, juger de Dieu et du diable, il a beau fréquenter des Américains, des Tchécoslovaques, des Yougoslaves et toute une clique, il a beau se droguer, se soûler, démolir les porte-parapluies et connaître toute une ribambelle d'hurluberlus, il n'en demeure pas moins d'une candeur, à la vérité transparente, dont la fille du président Dufour, qui châtie en justicière implacable, sait tirer son parti.

Elle n'a eu qu'à prononcer le nom de Ratapoilopolis pour que Pierre serrât les mâchoires. Son travail si bien commencé s'achève de lui-même. Elle le regarde, le surveille, en dépit d'une obscurité qui tombe et qu'elle ne dissipera point car elle sait que l'ombre peut être une alliée.

Alors, bien à l'aise, bien calée dans son fauteuil, elle attend que Pierre s'enfonce, se noie dans ses pensées.

Anormal, dégénéré ou fou ?

Parce que ses muscles ne saillent point sous sa peau, parce que l'amour et ses manigances déchiquètent sa volonté, sa raison, doit-il prendre peur ?

Jamais, pourtant, il n'a connu la folie d'orgueil, ni prétendu renoncer à sa part de sagesse banale. Être un point dans la masse. Pas davantage. Il ne souhaite d'autre bonheur que celui de confondre son âme avec d'autres âmes dans un continent anonyme dont ses yeux, ses oreilles et les yeux et les oreilles de tous les hommes seraient les ports. Coraux d'intelligence, ses pensées propres, coraux de chair, ses papilles à jouir, sont si peu en face du domaine indivis. Rien qu'une presqu'île, pas même une presqu'île, une antenne, mérite le nom de Pierre Dumont et connaît les surprises d'un océan singulier. Mais de la mer d'aventures sont venus des bateaux coupables que son sang, aujourd'hui, porte en quête d'il ne sait quel refuge.

Pensées mutilées, désirs sans figures, secrets trop bien aiguisés, tout cela est-il condamné à quelque naufrage qui ne sera même pas un terme.

La folie ?

Ratapoilopolis ?

Pierre déjà se désespère, s'attendrit, s'émeut d'un remords qui n'est point de ses propres fautes. Il se sent l'ombre d'un monstre et, comme toute ombre, destiné à exagérer encore les difformités de la créature, son principe. Son père ? un fou ? Par la faute de quel soleil de désespoir prolonge-t-il ce dément ? Une invisible charnière le rive à cet homme qui, là-bas, sur la route de Ratapoilopolis, dans deux mois, aura écrit quinze cents fois la même lettre à Mme de Pompadour. Photographie du subconscient : « Ça nous fait une belle jambe », dit invariablement Mme Dumont-Dufour interrogée à ce sujet. Photographie du subconscient : certaines tentations, certains jours de Pierre, ne coïncideront-ils point avec certaines tentations, certains jours du colonel, tout comme coïncident entre elles, les lettres écrites par un fou ?

« Tu es le portrait de ton père », ne manque de répéter Mme Dumont-Dufour, et c'est à croire qu'elle ne le constate que pour plus sûrement intoxiquer Pierre, et se mieux exaspérer elle-même.

« Tu es tout le portrait de ton père. » Dans les simples mots d'une petite phrase, elle découvre les possibilités de sa revanche sur l'univers entier dont elle n'a tiré ni joie ni extase, sur le colonel Dumont qu'elle a dû subir et Pierre qui est le contraire de ce qu'elle apprécie, c'est-à-dire d'elle-même.

Elle se répète qu'elle serait bien bête de se refuser le vrai, le seul plaisir qui lui ait jamais été offert : achever sur le fils une vengeance dont la volonté naquit du père : Hippolyte au négatif Pierre expiera pour un autre. Il l'a si bien compris qu'il laisse parler sa mère sans sourciller ou ne lui répond que par une boutade, chaque fois qu'il est personnellement mis en cause, comme s'il n'avait pas à rendre compte de ses propres actes ou bien comme s'il se désintéressait d'une vie qu'on lui demande de justifier. Au contraire, dès qu'il s'agit du colonel, avec une volonté qu'il qualifie, lui-même le premier, de puérile et de naïve, il cherche excuses et circonstances atténuantes. Ce ne sont point les fautes de Pierre Dumont qu'il défend, mais celles de son père dont il sait bien qu'on le fait héritier, à seule fin de lui en demander raison. Mais, quel que doive être le jugement, il estime qu'il n'y aurait pire lâcheté que de refuser de répondre aux nom et place d'un homme qu'on accuse sans qu'il puisse se défendre. Or cette vie du colonel Dumont, où enfant il prit la notion de faute, il ne peut en justifier les désordres que par la folie. Donc, il plaide folie et c'est pourquoi, en claire franchise, il explique à Mme Dumont-Dufour les tourments d'homme qui voit fuir sa raison. Mais Pierre est mauvais acteur. Il ne sait pas tirer parti d'un rôle qui l'use. Il s'émeut de ses propres phrases qui n'ont pas l'heur de toucher Mme Dumont-Dufour, et, parce qu'il ne veut point offrir quelques mots en l'air, le voilà parcourant la route qui mène à Ratapoilopolis. Le long du chemin, de s'apercevoir soudain que les tourments qu'il désigne pourraient fort bien porter son nom. Et ce sont autour de lui des faisceaux d'inquiétants rayons, des fouillis de flammes tordues, au milieu de quoi il lui faut lutter, se débattre sans espoir d'un astre simple.

Il se traite d'imbécile, de cabotin, et le plus triste est que certaines lumières, en dépit du trouble de leurs flammes, l'éclairent avec assez de dureté pour qu'il voie tout à coup que les comptes qu'il rend à Mme Dumont-Dufour au nom du colonel, il les rend moins en vérité pour son père que contre sa mère. Il ne s'agit point de l'obéissance à quelque sentiment d'amour filial ou de respect, mais d'un mépris, d'une haine qui sont les reflets du mépris, de la haine que Mme Dumont-

Dufour, inconsciemment sans doute, voue à ce fils dont la présence prolonge l'homme qu'elle déteste aujourd'hui et que jamais elle n'a tenté d'aimer ni même cherché à comprendre.

C'est donc un duel.

Pierre qui n'a pas eu le choix de l'arme ni le bénéfice de la première attaque, Pierre sur la défensive, de toutes ses forces, veut prouver à Mme Dumont-Dufour que si elle a eu tel ou tel malheur c'est qu'elle les méritait, les attirait, Pierre a quelques mouvements précis et directs, mais alors même qu'il voit pâlir Mme Dumont-Dufour, il se dit que son pouvoir a ses limites dans un mal dont souvent déjà il a senti les menaces et il se rappelle toutes les fois qu'il a dû, pour s'oublier un peu, se forcer au travail, aux longues marches, à l'amour et même à la boisson, à la drogue. Et à peine une contrainte inexorablement imposée avait-elle eu son effet que, rentré chez lui, Mme Dumont-Dufour, dans une de ces scènes qu'elle excelle à déchaîner à propos de tout ou de rien, avec une grande maestria, parvenait à lui faire sentir qu'il finirait bien par tomber au milieu de cet enfer dont lui-même essaie d'imaginer la démence et les affres pour mettre la confusion dans l'esprit de sa mère et l'émouvoir. Reine dans son salon d'Auteuil, comme Lucrèce de son rocher, Mme Dumont-Dufour qui contemple une mer de folie, là-bas, très loin, se rit des bateaux en péril. Elle a le chauffage central, l'eau chaude et froide sur les cuvettes, une salle de bain, l'électricité, le gaz, l'ascenseur, le monte-charge. Comme elle disait, lorsque le colonel avait fait quelque nouvelle frasque dont ces dames de la garnison ne lui épargnaient point le récit : « Rira bien qui rira le dernier », Mme Dumont-Dufour qui a pleuré plus d'une fois – elle ne s'est jamais rendu compte que c'était de rage – aujourd'hui détend ses lèvres, Mme Dumont-Dufour rit, tandis que le colonel au cabanon fait connaissance avec la camisole de force.

Et Pierre ce morveux qui ne se contente point de défendre son père mais qui pousse l'insolence jusqu'à menacer sa mère : « Vous êtes chrétienne... L'enfer... »

L'enfer, allons donc, Mme Dumont-Dufour rit de plus belle. C'est Pierre qui parle de l'enfer, Pierre qui n'entre jamais dans une église, ne fait pas ses Pâques, bien que sa digne mère se soit saignée aux quatre veines pour le mettre chez les pères, Pierre qui parle de l'enfer parce qu'elle manque prétendument de charité, c'est trop drôle. Qu'il commence donc par respecter sa mère comme cette mère elle-même respectait son père le président Dufour. Après, on verra.

Et Mme Dumont-Dufour se grise de ricanements, de mots aigres, elle se grise en dilettante, en artiste, sans perdre un sang-froid qui lui permet d'ordonner sa victoire pour mieux en jouir, elle se grise, mais ne cesse pas une minute d'être maîtresse d'elle-même, tandis que Pierre finit toujours par suivre de dangereuses pensées en méandres qui le conduisent au milieu du marécage, au beau milieu de la nuit, à Ratapoilopolis.

Elle savoure son triomphe, en varie les nuances et goûte devant Pierre les joies d'une inimitié si visiblement incestueuse et telle que ce dernier, qui sent une volonté mauvaise acharnée contre lui, se surprend à murmurer un vers qu'il ne comprenait point du temps où on lui faisait apprendre par cœur, au lycée, du Racine :

Mes yeux le retrouvaient dans les traits de son père.

Les traits de son père.

Une ressemblance excite Mme Dumont-Dufour comme une soie écarlate le taureau. Même si Pierre n'avait, dans le visage ou dans l'esprit, rien de commun avec le colonel Dumont, à force d'en entendre parler, il se serait demandé quels rapports pourraient exister entre leurs deux natures, ou bien peut-être se serait-il mis simplement et sans même se rendre compte à le singer car, dans les familles où certaine personnalité s'est affirmée par des qualités bonnes ou mauvaises, si les goûts ou les manies qui ont été sujets d'étonnement se transmettent, si les enfants sont des caricatures ou des portraits de qui s'est fait remarquer en faveur ou aux dépens des autres, il faut moins accuser la puissance du sang, l'hérédité ou quelque autre force prétendue naturelle que l'action exercée par les discours de ceux qui furent les témoins du grand homme (criminel ou génie, voire même simple original).

Ainsi naît un folklore de foyer où des créatures sont symboles de tel ou tel penchant, ainsi par tradition orale les enfants sont intoxiqués s'ils ne dépassent en forces propres ceux dont on leur parle ou qu'on propose sans se douter, modèles tout faits, à leur mimétisme.

Mme Blok, par exemple, qui, au contraire de Mme Dumont-Dufour, n'a pas d'intentions agressives, Mme Blok, parce qu'elle n'arrive point, en dépit de tous ses efforts et de la cour que lui fait Bricoulet, à oublier le suicide de M. Blok, ne peut s'empêcher d'en parler à sa fille. Elle ne cesse de penser à la mort de son mari, mais ne se contente point de gémir sur son malheur et prend en pitié Diane qu'elle croit condamnée à une mort prochaine et volontaire. Et sans doute serait-elle fort étonnée si on lui disait – vérité de La Palice pourtant – qu'à force d'entendre parler du suicide, Diane pourrait bien finir par faire comme son père. Pour l'heure, effrayée du destin de sa maison, Mme Blok n'est pas loin de voir en Diane une Iphigénie qu'on lui ramènera quelque jour du rivage de Montparnasse la tempe trouée, ou la gorge fendue, ou tout le corps bleu de poison. Et dans le petit salon de l'avenue d'Orléans, tandis que la jeune fille, au début de chaque après-midi avant de partir pour l'atelier, prépare couleurs, pinceaux, crayons, c'est, au moment du café, une plainte monotone suivie de l'éternelle recommandation : « Fais attention aux voitures, ma Dianette, mais surtout ne te laisse pas aller à tes pensées tristes. Pense à ta mère. Si tu mourais je serais seule au monde. Ne suis pas l'exemple de ton pauvre père. Ah ! que n'ai-je écouté ma grand-mère de la rue de Grenelle-Saint-Germain, qui avait épousé un homme roux. La chère femme m'avait prévenue lors de mon mariage. Je l'entends encore me répéter : " On se suicide beaucoup dans la famille Blok et le suicide c'est comme les cheveux poil-de-carotte. Quand c'est dans une famille ça n'en sort plus. Le mieux qu'on puisse espérer c'est que ça saute une génération ou deux. " »

Diane a déjà son chapeau sur la tête : « Au revoir, maman. » Mme Blok ne la laisse partir que lorsqu'elle a juré que jamais, quoi qu'il advienne, elle ne se tuera. Diane prête serment et rit, mais elle a descendu deux ou trois étages que Mme Blok, toujours penchée sur la rampe d'escalier, conseille : « Et surtout, ne te laisse pas aller à tes pensées tristes. »

Or Diane a beau rire de la grand-mère de la rue de Grenelle-Saint-Germain et de sa théorie sur le suicide et les cheveux roux, tout comme d'ailleurs jadis en riait cette chère Herminie alors qu'elle voulait, en dépit de tout et de tous, épouser Dimitri Blok, Diane a beau rire, souvent il lui arrive de considérer le suicide comme une menace contre quoi on ne saurait trop se prémunir. Au reste, cette menace parfois prend la qualité d'une promesse et, bien des jours d'anxiété ou de mélancolie, voire même de simple fatigue, certains gestes homicides ont, pour la tenter, une fraîcheur de porte profonde dans une rue trop chaude en plein midi. Alors, elle ne peut penser à quoi que ce soit, sans conclure : « Ce n'est pas pour des prunes que nous habitons au cinquième », ou : « Les revolvers ne sont pas faits pour les chiens. » Mais Diane a de bonnes couleurs, de bons muscles et un bon appétit, et des propositions telles que : « Ce n'est pas pour rien que nous habitons au cinquième », ou : « Les revolvers ne sont pas faits pour les chiens » et d'autres encore de la même farine, au lieu de l'empoisonner une fois pour toutes, ont sur elle l'action des microbes, vaccin contre la maladie que, dans d'autres proportions, ils eussent donnée. Ainsi, des germes, dont, à première vue, on eût cru qu'ils tueraient, préservent de cette mort même qu'ils portent en eux. N'empêche qu'une légère fièvre, une éruption en miniature travaillent, un temps au moins, les vaccinés sentimentaux et les autres.

Les remarques de Mme Blok et de Mme Dumont-Dufour sur le suicide et la folie ont donc fait de Diane et de Pierre des frère et sœur dont la parenté acquise dès ses débuts prit d'autant plus de force que l'angoisse de Diane alors, chaque jour, s'affirmait davantage et que celle de Pierre n'a jamais cessé de croître.

Mais l'obsession de Mme Blok manque de ressources. Sa rengaine assez peu variée souffre qu'on s'y habitue, si bien que sa fille arrive à ne plus entendre la litanie plaintive et monocorde.

Ainsi, peu à peu, au lieu de s'effrayer du trop lourd héritage des Blok, sous quoi sa mère déjà voyait ployer ses épaules, elle a redressé la taille, s'est rappelé qu'il faut respirer par le nez. Au matin, elle ouvre la fenêtre et se lave la poitrine de l'air d'un Montrouge qu'elle s'efforce à confondre, pour la bonne humeur et la santé, avec la courageuse banlieue sa voisine. Alors, qu'importe si pour la millième fois Mme Blok décrit son salon, ses invités, sa robe, ses bas, ses souliers, récite le menu et la carte des vins du dîner qu'elle offrait le soir même où ce pauvre Dimitri, en pantalons à grands carreaux et bras de chemise, tandis que, depuis une heure – et que Dieu daigne dans sa miséricorde voir la folie d'une telle conduite et ne refuse point à ce maître de maison qui perdit la tête un paradis fermé à qui se donne volontairement la mort – il eût dû être en smoking... et tralalalalalalalalala, se chantonne Diane, sans volonté d'insolence, mais seulement parce qu'elle est jeune, aime les fruits, la danse, préfère la citronnade à la vodka, au champagne même et rêve volontiers des chemins de montagne à la nuit tombante ou d'une eau de mer qui parfume ses bras de nageuse au soleil. Et elle embrasse la peau, qui recouvre un biceps dont elle est assez fière. Cette peau qui ne sent plus le sel est une peau de Paris. Paris. Elle doit aller maintenant à son atelier, ce soir dans tel café de Montparnasse, demain à un bal au profit d'elle ne sait quels Russes, après-demain... elle se dit que tout cela l'ennuierait fort si Pierre... Elle s'arrête. Pas un travail, pas une fête ne lui plaisent sans Pierre. D'autres pourtant sont plus sûrs, plus charmeurs même que ce grand enfant capricieux et grognon. Qu'importe. Et déjà elle songe à la consolation qu'elle va lui porter aujourd'hui, et déjà elle oublie son bonheur, son simple bonheur d'être, pour plaindre Pierre qui se désole de son cœur jamais à point, toujours trop chaud ou trop froid, un cœur, dont il ne sait quoi de sensible, de quasi physique même, au fond de lui, s'effraie comme une plante de pied d'un rocher, et non parce qu'il est dur, mais parce qu'il exagère comme s'il ne les sentait pas les températures ambiantes et ainsi, l'hiver, se glace au point de se fendre et l'été multiplie toute chaleur et brûle.

Pierre, dont les mains souvent tremblent, Pierre, dont le gosier parfois ne laisse point passer le moindre morceau de pain, envie les joues fraîches de Diane, son appétit, et ce calme surtout.

Pour lui, chaque jour il doit éviter quelque nouveau piège que Mme Dumont-Dufour conçoit avec un génie aussi divers qu'acharné. Sous un regard qui n'ignore aucune des ruses de l'attaque, il se sent donc à tout instant près de capituler et se répète que jamais il ne guérira de sa hantise, et que le mieux, sans doute, serait de s'y abandonner dès à présent.

À quoi bon se retenir, se torturer, se ravager ?

Il se douche, fait une dizaine de kilomètres à pied chaque jour, s'interdit de se mâcher les lèvres, essaie des syllogismes pour donner à ses rêves une teinte raisonnable et cependant la même lampe qui ne cesse de brûler derrière les vitres des yeux toujours corrompt le soleil, pourrit le ciel.

Une flamme vacille, mais ne s'éteint pas et son anxieuse obstination éclaire des messes noires dans des nefs d'os. Pierre a honte des visages, des corps que son sommeil invente et qui le torturent la nuit.

Fuir ? Appeler au secours ?

Il murmure un nom ! Diane.

Diane.

Comme tout se simplifierait si elle acceptait de ne jamais le quitter. Elle seule sait trouver les mots qui apaisent et tout ce qui peut contre une tristesse. Elle a des douceurs précises, des intentions exactes et n'ignore rien des grandes et petites consolations. Ainsi, après avoir prouvé à Pierre que ce n'est point parce que le colonel a écrit un millier de fois la même lettre à Mme de Pompadour qu'il doit se croire lui-même voué à la folie, elle le mène sans qu'il se doute jusqu'à l'ombre des trois arbres qui mettent, sur la berge d'une Seine plombée, une fraîcheur dont un soleil trop cru, trop brusque, donnait la soif. L'hiver, elle va droit aux rues qu'il faut suivre pour éviter le vent, ses épingles et celles de l'anxiété. Si Pierre décide d'aller au théâtre, elle n'a qu'à regarder la colonne Morris pour lui dire ce que valent les promesses multicolores dont la mosaïque les a tentés, et que, s'il voit telle pièce dont le titre fleuri noir sur vert ou rouge d'abord les avait séduits, leur soirée sera perdue, tandis que dans un théâtre quasi de quartier on joue un auteur étranger, inconnu du grand public et des snobs, méprisé des critiques, mais dont Pierre appréciera les trois actes qu'on donne justement ce soir.

Diane sait tout, du moins tout ce que Pierre doit

faire, voir, entendre, lire pour être heureux. Diane est la sagesse de Pierre qui s'attendrit et pense avoir en elle enfin trouvé le bonheur.

Mais pourquoi ces épaules qui soudain se haussent.

Un ricanement. Diane, sa sagesse ?

Oui, ce matin même, du fond de ses derniers cauchemars, les cauchemars de l'aube dont l'ombre tache la journée, il l'appelait avec des mots de feu. Pour triompher des pièges du sommeil, encore endormi déjà il se disait qu'elle était sa sagesse. Mais maintenant éveillé, comment ne point se demander si, sage lui-même, il l'aimerait autant, aurait un tel besoin de sa présence ou même le désir de la voir ! Le calme descendu, souhaite-t-il en vérité qu'elle demeure encore, toujours à ses côtés ? S'il se pose ces questions, n'est-ce point qu'il pense déjà aux heures où il lui faudra continuer de la subir sans qu'aucun élan ne l'ait porté vers elle. Seule la reconnaissance les liera et il n'aime à se sentir lié par aucun devoir et, moins que par tout autre, par le devoir de reconnaissance.

Et puis, Diane qui le connaît, il ne veut point s'avouer « l'aime » au point de saisir les moindres mouvements de son cœur et de son esprit, ne manque jamais de s'affecter de tout ce qui dans son cœur ou son esprit n'est point en sa faveur. Pierre se rappelle un visage triste qui bien souvent l'a contraint à se détester et à détester aussi des tentations jusqu'alors pardonnées, et qui ne conservaient aucune excuse, dès que le malheur ne les légitimait plus en rien.

Il préfère toute souffrance à la honte des jours où Diane, après des heures passées à l'apaiser de son mieux, a senti qu'on n'avait plus besoin d'elle et l'a senti si douloureusement que lui-même, plus que d'un crime avait le remords de sa propre indifférence.

Diane s'était levée et quoique son désir fût de rester elle avait esquissé déjà les gestes du départ. Lui, était bien forcé de la retenir, de la supplier de ne point s'en aller. Il lui demandait de poser sa main sur son front chaud de fin d'après-midi et elle obéissait avec un bonheur qu'elle ne songeait même pas à voiler. Ses doigts retrouvaient leur place autour d'une tête d'où leur fraîcheur sensible avait fait sortir les minuscules poupées du malheur, habiles à piétiner les cerveaux. Mais, Pierre qui n'avait plus besoin de contact guérisseur et s'exaspérait de n'y point trouver un plaisir en soi et tel qu'il le voulût prolonger, Pierre pensait à ces dessins dans le journal, à la page des réclames, où l'on voit un bon génie qui porte le nom de tel ou tel cachet, et d'un aimant magique libère les crânes des clous que la neurasthénie, la migraine ou même une simple indigestion y avait enfoncés, car dès qu'il est heureux, dès qu'il se sent fort, la main de Diane sur son front est une compresse inutile.

La main de Diane, compresse inutile ?

« Égoïste », constate-t-il et il s'accuse de se montrer injuste envers la seule créature qui l'aime et, en même temps, se dit que s'il se laissait aller, il n'en ferait pas plus grand cas que d'un médicament, et il a honte. Il a honte non seulement d'avoir été tenté de traiter mal qui lui veut et qui lui fait du bien, mais encore et surtout de se sentir vide, de ne savoir quels gestes, quels mots le sauveront d'un ennui dont il se sent menacé.

Une crampe le rive dans une position ridicule.

Est-il donc un spécialiste des lamentations, et aussi borné que Mme Dumont-Dufour qui ne sait plus de quoi parler lorsqu'elle a fini d'énumérer ses raisons de rage ou de vengeance.

Grâce à Diane la paix est descendue en lui, mais au lieu de se réjouir de ce calme, le voici, semblable à ces médiocres qui tirèrent certains effets de la plus mystérieuse éloquence tant que le mal inspira leur délire mais guéris ne trouvent plus rien à dire, sinon des banalités majeures.

Pierre muet se répète que son silence ne peut durer

davantage. Il laisse tomber un mot, n'importe lequel. Ce mot a un son de fausse monnaie. Il veut essayer une phrase. Voici tout ce que sa franchise lui permet d'inventer : « Je ne veux pas te renvoyer ma petite Diane, mais ta mère doit t'attendre pour le dîner.

— C'est vrai Pierre, je me sauve. »

Tous les deux se lèvent.

Diane interroge : « Que fais-tu après dîner ? Avec qui sors-tu ? »

En réponse Pierre jette un nom, le même, celui de Bruggle : « Bruggle.

— Tu le vois donc tous les soirs ?

— Dame, je n'ai pas tant d'amis. Arthur est un des rares qui m'aiment.

— Tu n'en as pas toujours été si persuadé.

— Nous avons pu avoir quelques discussions. Il est nerveux, trop sensible, mais de l'affection qu'il me porte, je réponds tout comme de celle que j'ai pour lui. Et toi ? »

Diane ne dit rien. Un doute frise des lèvres qui tentent de sourire et des paupières, à l'abri desquelles les yeux deviennent plus brillants. Pierre pense : « On lui aura dit qu'Arthur et moi... » et il espère des larmes, constate que Diane est jalouse de Bruggle, et se demande : « Cette jalousie est-ce de l'amour ou de l'orgueil blessé ? » Mais de nouveau il a honte. Cette jalousie sans doute est à la fois de l'amour et de l'orgueil blessé, mais pour le petit plaisir de jouer va-t-il continuer à faire souffrir celle dont lui vient toute paix ? Il sait que si Mme Dumont-Dufour déchaîne une nouvelle scène, que si Bruggle ne vient pas au rendez-vous qu'il lui a donné ce soir, ou le griffe d'un de ces mots ou de ces silences aigus dont il use avec la grâce cruelle et sûre d'un jeune animal, demain matin, à la première heure, ce sera un coup de téléphone pour supplier Diane de déjeuner avec lui ou de l'attendre vers deux heures dans un café de la rive gauche d'où ils partiront pour quelque promenade de consolation sur les quais.

Pierre se traite de lâche, s'enfonce les ongles dans les paumes pour se punir, se jure que jamais plus il n'aura cette odieuse conduite envers Diane, et comme il ne veut pas voir les larmes qui, par sa faute, vont couler peut-être, doucement, ses lèvres caressent deux yeux, et Diane oublie les gestes impatients, les réponses brèves et surtout cette voix qu'il prend chaque fois qu'il lui parle de Bruggle pour affirmer des intentions méchantes, les exagérer même. Il n'avait pas besoin d'articuler avec un tel soin pour qu'elle comprît, souffrît. Or non seulement Diane excuse Pierre, mais encore s'ingénie à trouver de nouvelles raisons de le plaindre, de l'aimer mieux : « Pauvre petit, pense-t-elle, ce Bruggle avec ses caprices, sa coquetterie, comme il doit le faire souffrir », et elle pardonnerait tout à celui dont elle sent contre ses cils la bouche que le remords attendrit. Sa tête se relève et au jeune garçon dont elle n'avait pas besoin de surprendre le visage pour savoir la honte, afin qu'il se déteste moins : « Tu te méjuges, Pierre. Tu es bien meilleur que tu ne crois. »

Or si Pierre est meilleur qu'il ne croit, et s'il se méjuge, elle se dit que la faute en est à elle-même et à elle seule, car toute l'optique morale du jeune Dumont est, d'après Diane, faussée par la surestime qu'il a pour elle. Ainsi, n'accuse-t-il si souvent et avec une telle cruauté contre soi sa faiblesse que parce qu'il se fie à l'air bien portant de Diane qui vaut à ses propres hantises de se faire plus pales, plus menaçantes. La jeune fille en vient donc à s'exaspérer d'une force qui n'est ni bien ni qualité dès qu'elle s'affirme si brutale qu'elle ne saurait secourir qui en a besoin, mais au contraire l'intimide et lui donne une plus pénible idée de soi.

Alors, Diane, qui ne veut plus que Pierre la croie sans péché ou de chair assez sage et d'esprit assez vigoureux pour n'avoir jamais rien eu à se reprocher au plus secret du corps ou du cœur, Diane, le visage proche du visage de Pierre, mime les désirs et fait comme si elle ne pouvait résister à une soif maîtresse des sens, de toute sa peau, de ses mains qui tremblent sur les épaules du jeune garçon, de sa poitrine où le souffle s'alourdit et s'inquiète des nuages de toutes les tempêtes ; ses yeux, ses narines s'élargissent, son cou a des lassitudes qui doivent amener Pierre à penser qu'elle se laisse aller à la tentation et ses lèvres, qui se sont d'abord doucement tendues pour s'offrir, semblent se gonfler et libres jusqu'à la faute, ses lèvres se collent aux lèvres du jeune homme.

Mais à cette bouche trop grande ouverte, comment ne point s'apercevoir qu'il ne s'agit pas d'un désir, d'une soif, mais de la volonté de donner une impression de désir, de soif. Et à son tour Pierre s'attendrit car il comprend que Diane cherche à lui faire croire que, elle aussi, elle aime la peau, les dents, toute la chair, et qu'elle n'a jamais hésité à en profiter chaque fois, tant qu'elle a pu. Or cette brutalité sensuelle bien combinée mais néanmoins trop visiblement combinée prouve, au contraire de ce qu'attendait Diane, qu'elle n'a pas l'habitude de donner ses lèvres et que, même à Pierre, elle les a données moins par curiosité ou espoir de quelque plaisir que par pure, simple et amicale charité.

Pierre a donc compris qu'elle tenait à lui et que même, afin qu'il ne s'éloignât point (Pierre sait du reste que Diane a une telle foi en lui, en son affection, qu'elle pense que seul un scrupule pourrait définitivement l'écarter), elle accepterait le cœur léger de passer à ses yeux et sans doute aux yeux des autres pour une jeune fille qui en a vu et fait de toutes les couleurs. Avant tout, elle veut que Pierre n'ait jamais à rougir devant elle, et pour ce, non seulement elle accepterait de passer pour coquette, légère, sensuelle et même s'il le fallait possédée, mais encore elle ne cesse de s'affirmer une résolution de longue patience et, se déclarant par exemple qu'elle ne prêtera l'oreille à aucun potin, à l'atelier ou chez des amis, elle essaie d'ignorer l'évidence, d'oublier jusqu'au nom de Bruggle à la démarche trop légère et de réduire toutes les tentations, les scrupules et les hantises dont plusieurs épaisseurs, de teintes variées, encerclent Pierre d'un arc-en-ciel de tristesse.

La transparence du premier baiser de Diane obligea Pierre à saisir toutes les intentions d'une tendresse qui lui était si généreusement vouée et cette candeur à la fois discrète et passionnée lui valut de nouveaux remords dont l'idée même jusqu'alors lui était inconnue. Il se crut enchaîné et, depuis, il s'est maintes fois répété que le plus grand don qu'une femme ou une jeune fille pût faire à un homme était justement ce baiser d'un ange qui par charité imagine les gestes d'une putain.

Un ange qui par charité imagine les gestes d'une putain ? Il s'accusait de romantisme mais n'en répétait pas moins, pour une exaltation quasi mystique, cette formule qui le tenait ému aux larmes, près de Diane, lorsqu'il caressait sa nuque, répétant : « Diane, ma Dianette » du ton d'un pécheur qui remercierait le saint apparu à la minute du plus grand remords, si ce saint s'était borné à raconter simplement sa propre vie, en l'émaillant de fautes identiques à celles que commettent les plus humbles et les plus coupables des créatures, à seule fin de spécifier que même les êtres quasi éthérés ont connu les tentations et y ont cédé avant de parvenir au paradis de bonheur et de paix.

« Diane, ma Dianette », répétait-il et une telle ferveur était dans sa voix que la jeune fille espérait que d'une camaraderie lumineuse allait naître cet éblouissement de l'amour dont Pierre lui-même se demandait (et bien qu'il se sentît par exemple incapable de consentir à Diane les sacrifices égaux à ceux qu'il faisait chaque jour à Bruggle) s'il n'était point parvenu au plus haut point, puisqu'il divinisait Diane – alors qu'il n'avait eu besoin de rien de céleste pour exalter son goût et son besoin de Bruggle –, puisqu'il se sentait tout prêt d'oublier que cette jeune fille douce et simple, il l'avait connue à Montparnasse dans un atelier, avait dansé avec elle dans des bals de peintres où elle était sans bégeulerie et sans vulgarité, ne se laissant jamais tenter, ni choquer davantage, incapable de se ternir par un geste, un mot, un pas et telle qu'il fallait presque la croire de quelque principe impondérable et non d'une humanité qui sentait à la fois, la folie, la peur et les larmes.

« Diane, ma Dianette », répétait-il et il ne se fût même point permis de la dire fille d'un M. Blok qui s'était pendu en pantalons à grands carreaux et d'une grosse Mme Blok molle et pleurarde.

Et ainsi, quelques minutes après avoir pensé que Diane n'était en somme qu'une compresse inutile, force lui était de s'avouer que si elle l'avait guéri, ce n'avait point été par un secours précis ou une action semblable à celle reconnue aux médicaments, mais par un miracle dont elle portait en soi la vertu et qui l'illuminait toute d'une grâce que son mystère contraignait soudain à qualifier de « divine ».

Alors, il se disait que le mieux serait de supplier Diane de rester auprès de lui la vie entière, ce dont elle ne manquerait de tirer une grande joie et lui une grande paix, mais dès qu'il avait songé à préciser, à régler un sort que la bonté de Diane lui permettait seule d'embellir, déjà, il perdait toute sécurité, remettait à plus tard, ne demandait rien, et à l'instant même où il se répétait qu'il avait de l'adoration pour Diane, il se rappelait que l'après-midi lui avait donné un croquis de ce que serait leur existence commune et non divine.

D'abord attendrissement, oubli du colonel et de sa folie, de Mme Dumont-Dufour et de sa vengeance acharnée. Nuits calmes après des jours sans peur. Un corps frais et docile tout contre le sien lui vaudrait un sommeil sans cauchemars dans un large lit. Même au milieu de ses rêves, il ne se rappellerait point ses promenades solitaires qu'il poursuit jusqu'à l'aube dans les rues d'une ville où les passants ont retrouvé leurs yeux de fauve.

Bruggle serait oublié et ses caprices irrésistibles et les aventures où sans cesse il entraîne Pierre, comme pour le plaisir de l'imaginer le lendemain, ravagé d'alcool, de dégoût et de peur. Diane à côté de Pierre et tous les maux et les tristesses de son existence seront chassés de sa mémoire. Il serait heureux et d'un tel bonheur qu'il ne se sentirait plus lui-même. Mais déjà Pierre ricane. Diane met sa fourrure. Il l'accompagne jusqu'à sa porte, la laisse partir sans un mot. Elle et lui ? Leur bonheur ? Allons donc. Un chant d'amour qui vaudrait ni plus ni mieux que le ronron de l'eau qu'on met à chauffer pour le thé.

Si Pierre aimait moins Diane, sans doute accepterait-il d'en faire sa garde-malade, quitte à la renvoyer une fois guéri. Diane alors pourrait se rappeler que le suicide c'est comme les cheveux poil-de-carotte. Les cheveux poil-de-carotte, les suicides dans la famille Blok ? Pierre prévoit la mort de Diane, l'accepte, en décide. Serait-il donc devenu fou et non seulement fou, mais odieux, criminel, et, Mme Dumont-Dufour a-t-elle raison, qui le déclare doué des pires instincts ? Diane est la seule créature en qui toujours il ait trouvé refuge, il le sait et si bien qu'il fait autour d'elle toute une littérature et voici que, malgré ce qu'il lui doit, il va jusqu'à penser qu'il pourrait peut-être systématiquement se servir d'elle avec encore plus de profit et qu'après l'avoir utilisée, il la jetterait dehors, la laisserait crever. Et lui qui se dit un homme et n'est qu'un enfant livré aux cauchemars, après avoir abusé ainsi de qui l'a secouru, que ne devra-t-il craindre ? Alors, certes, les remords auraient définitivement raison de lui, et déjà il doit supplier Diane de lui pardonner ses pensées,

Diane, vierge sage, qui va partout et n'a jamais perdu ni son sourire ni sa boîte à peinture, Diane plus forte que Pierre et qui a su échapper à la soûlerie des malheurs dont le spectacle lui fut trop tôt désigné, Diane vierge sage et qui a pitié de ceux qui boivent, font la fête, inventent des vices. Elle sait que Pierre ne tarderait point à sombrer s'il n'avait personne auprès de lui pour le défendre ou l'aider.

Seul, il ne saurait où fuir. Que de fois déjà, las de lui-même est-il descendu, non pour demander secours à quelque autre, mais pour se perdre dans la rue, parc anonyme, mais le plus beau, se forçait-il à croire, de toutes les promesses. Il marchait, ne trouvait point ce rêve sans nom et sans visage en quoi il avait décidé de se perdre. Il marchait. Aucun regard ne retenait le sien. Sur le sol mouillé la plus faible lueur multipliait toute tristesse. Il marchait et le froid se faisait maillot sous les vêtements, le linge. Ses dents claquaient. Son squelette souffrait seul et tout entier, car déjà ce squelette avait dévoré sa chair. Ce qui, de son corps, demeurait apte au bonheur se fanait. Dans ses poches, ses mains étaient des fleurs, sans sève, sans couleur. Alors il entrait n'importe où, non pour trouver quelque secours précis, humain, car s'il cherchait à retarder la débâcle c'était par d'étranges aides et il n'eût su que faire d'une peau habitée par un esprit semblable au sien. Il se rappelle. On ferme les yeux, on respire, on avale n'importe quoi et, au bout de dix minutes, les paupières ne craignent plus de se relever car un monde nouveau s'épanouit à la place des vieux décombres.

Le corps n'est plus une chair condamnée au malheur, le corps n'a plus froid. Il saute, vole, ne pèse pas plus qu'une chanson dans le soleil de minuit.

Le soleil de minuit !

Hélas ! sept heures viennent tout juste de sonner. Pierre doit se souvenir d'un salon d'Auteuil, d'un petit salon où il demeure immobile tandis que deux yeux le contraignent au plus dur examen. Il n'y a plus de bonté ce soir sur la terre. Même la rue doit exagérer la cruauté jusqu'à ne plus offrir une seule de ses promesses, aimants pour les pieds las, mouillés, dans des chaussures sans courage de fin d'après-midi. Et les becs de gaz qui se moquent. Pierre connaît les petites étoiles qu'ils jettent à terre, quand les pavés, pour les yeux lourds de remords, ne se fardent plus d'aucune tentation rédemptrice. Muet et figé dans un fauteuil, une pénombre autour de lui, comme il ne sait quelle étouffante ouate, il n'a même plus envie de fuir cette maison, ce regard.

Il ne pourrait supporter, derrière les vitres, les suspensions, dont les globes, dans les salles à manger, sur le bonheur des familles, font une accolade verte. Il ricane. Salle à manger, suspension, bonheur des familles et accolade verte. Il ne manque plus que la soupière et le joli bouquet que voilà. Non, décidément, il n'offrira point à Diane de telles fleurs, plus innocentes pourtant que fleurs des champs.

Taches bleues et roses des entresols sans surprises mais sans périls et où un seul doigt ressuscite *Au clair de la lune* et tous les autres airs qui permettent aux hommes de vivre en sainte naïveté, de se continuer, de tels airs jamais ne couvriront ces chansons sournoises, qui d'abord soufflent doucement, puis deviennent agressives, crient, se ruent, assaillent et mâchent à pleines dents le cerveau. Pierre se dit qu'il est condamné à subir sans rien comprendre un orchestre dont chaque instrument saura bien inventer de nouveaux supplices. Des archets sur ses paupières font d'une seule larme tout un accord, tandis que, chef de gare du malheur, Mme Dumont-Dufour répète : « En route pour Ratapoilopolis. »

Ratapoilopolis. La folie ? Encore, toujours ? Allons donc. Il sera fort. Des poings se serrent, des ongles entrent dans les paumes dont la moiteur connaît enfin une certitude et, de la petite douleur dont il est sûr, Pierre va essayer de renaître, se limiter. Déjà, il veut aller plus vite que ses pensées, couvrir les chuchotements maudits, presser le pas, hausser le ton, devenir maître de son destin, c'est-à-dire contrôler tout en lui, autour de lui et ne permettre de le surprendre à des rêves, des images, qu'autant qu'il lui plaira.

Qu'autant qu'il lui plaira ? Il avoue donc un goût pour certains cauchemars... Il avoue mais dans un même instant se dit que cette franchise ne peut manquer de l'aider à triompher de soi, que, d'ailleurs, il est loin d'être incapable de logique car la tête est bonne.

Mais une bonne tête n'est pas une tête imperméable. Poreuse à tous les vents, après les tempêtes, elle n'est plus au matin qu'un fruit lourd d'une rosée amère, les rêves.

Les rêves.

Il les connaît tous depuis ceux qui font rire jusqu'à certains qui vous laissent, à l'aube, avec un visage où les larmes ont tracé des routes sans but. Que ses paupières se baissent et, déjà, il se rappelle que la nuit dernière, Mme Dumont-Dufour en combinaison rose et long voile de deuil faisait des culbutes par le ciel de Paris et agitant des jambes, dont la maigreur lui a toujours semblé signe de race, criait avec une telle véhémence qu'on eût pu l'entendre de la Bastille à la porte Maillot et de Montmartre à Montrouge : « Mais faites un vœu, faites un vœu, moi aussi je peux perdre un collier et montrer mon derrière, je suis une étoile, une étoile filante. » Mais soudain l'étoile filante disparaît et, parce qu'il n'a pas fait de vœu, Pierre doit marcher dans l'obscurité. Il entend qu'on le condamne à errer seul dans le palais du Louvre jusqu'à ce qu'il ait retrouvé ses yeux que par mégarde il a laissés tomber de ses orbites, il ne sait plus où exactement, dans le duvet dont on vient d'emplir toutes les salles du musée. Des petites plumes se collent à ses lèvres, ses narines, emplissent ses paupières vides, sa bouche. Il étouffe, veut crier, ne peut pas et enfin le sang qu'il pleure tombe en gouttes si chaudes que la douleur de ses mains ébouillantées l'éveille.

De l'éclat de rire aux larmes, Mme Dumont-Dufour devenue comète dans le ciel de la capitale ou l'effroi des yeux perdus. Ses rêves. Mais la nuit ne les limite point et leur ombre tache les journées. Il y a bien, il est vrai, des pièges réservés au sommeil. Seul par exemple dans son lit, il se noie parmi les draps et souvent ne peut même point trouver la poire électrique, cette bouée. Un vaisseau de chair malheureuse, le Pierre Dumont va se perdre corps et biens. Qu'il disparaisse sous les flots, et que tout soit fini. Ainsi, du moins, sera évité le naufrage sur les côtes de Ratapoilopolis.

Ratapoilopolis, le naufrage, les flots. Ce serait trop simple, trop beau. Disparaître sous les flots. Allons donc. Pierre voit maintenant qu'il est dans un lit, qu'il va falloir qu'il se lève, reprenne les travaux des jours.

Alors, il pense à ces glaces où se voyant sans l'avoir voulu il se regarde, ne se reconnaît pas et cependant ne peut ignorer que le jeune homme qu'il contemple a nom Pierre Dumont. Et il se pince, mais de se pincer n'a le mal qu'il eût été naturel qu'il eût. S'il n'y avait que les glaces. Il y a aussi les escaliers en spirale. On ne sait pas où l'on va. On monte, on descend, on a peur, on prend espoir et, tout à coup, on se trouve nez à nez avec une créature indéterminée qu'on ne pourrait dire humaine bien qu'elle ait une tête, un tronc, deux bras, deux mains, deux jambes, deux pieds. Et il faut monter à reculons parce que le monstre l'exige. Mais trois pas n'ont pas été faits que certain petit frisson, mieux accroché à la colonne vertébrale que le lierre à son chêne, avertit de la présence d'une créature aussi réelle et non moins indéterminée que la première et qui, de même que cette première contraignait à monter et prétend n'y point renoncer, va, elle, obliger à descendre. Prisonnier de deux forces égales et contraires, incapable d'avancer ou de reculer et cependant poussé à l'un et à l'autre, il n'y a plus qu'à se laisser écraser tandis que Mme Dumont-Dufour, chemise de nuit à jabot, bigoudis et papillotes, pieds chaussés de bottines à boutons, mode 1900, Mme Dumont-Dufour agite une serviette à thé en guise de drapeau et siffle dans un sifflet d'un sou !

En route pour Ratapoilopolis.

Ratapoilopolis. La folie ?

N'avait-il pas raison d'accuser sa faiblesse. Le malheur, se répète-t-il, est qu'il aime trop pour exiger d'elle aucun sacrifice réel, la seule créature qui pourrait l'aider à se guérir de toutes les frayeurs qu'il voudrait appeler vaines mais parmi quoi il se dit et se redit qu'il va succomber, le malheur est qu'aimant Diane, cette jeune fille qu'il a baptisée sans la moindre impression d'abus romantique « Diane aux doigts de paix », il ne veut s'en servir comme d'une garde-malade et, en même temps, s'avoue, par force incapable de vivre toujours près d'elle, de la supporter même, le calme descendu, tandis que de Bruggle par exemple, perpétuel sujet de nouvelles tristesses, de nouvelles tortures, de Bruggle il ne saurait se passer et, comme il ne veut renoncer ni à l'un ni à l'autre, il lui semble que de l'impossibilité où il est de choisir naîtra une solitude définitive. Incapable de supporter un tel supplice, alors, il aimerait mieux renoncer à vivre.

Mais de grands mots, des expressions pompeuses telles que « renoncer à vivre » soudain font buter Pierre sur le chemin trop lisse, trop facile qu'il eût volontiers suivi jusqu'à l'océan de mort ou d'oubli, et d'avoir buté, il est obligé de reprendre une conscience plus précise de soi, de se tâter, de se dire que le danger naît peut-être de la façon dont il présente son tourment plutôt que de ce tourment même, et il va jusqu'à croire que ce n'est que par une sorte de mauvaise foi qu'il a construit, à l'aide de quelques rêves ou de quelques sensations, sur la plate-forme qu'était la démence du colonel, la folie future, la folie probable, la folie de Pierre Dumont.

Or parce qu'il n'est pas sûr de ses pensées, en dépit de l'excellente ligne de tête que lui reconnaissent les chiromanciennes, il veut trouver des raisons d'optimisme dans son corps dont le premier d'ailleurs il avoue la faiblesse des bras ou de la poitrine. Mme Dumont-Dufour du reste ne manque pas en chaque occasion de le traiter de gringalet, mais qu'importe ; il veut croire que son écorce n'est pas mauvaise. Un boxeur, un costaud, qui s'y connaissait et mieux que Mme Dumont-Dufour, n'a-t-il pas dit la première fois qu'il le vit nu : « Tu es une chanterelle, mais ce n'est pas une raison pour t'accuser d'être mal foutu », et après ce jugement d'ensemble venaient des appréciations de détail dont le souvenir, s'il colore les joues de Pierre, ne le fait certes pas rougir de honte.

Le grand gars et ses compliments étaient peut-être ridicules, mais pourquoi, contre eux, par exemple, donner raison aux avis énoncés par Mme Blok et Mme Dumont-Dufour en face d'une théière. Or Pierre ne vient-il pas justement de tout remettre en cause parce que, à une bourgeoise ignorante qui lui demandait si son fils était anormal, une autre bourgeoise ignorante a répondu simplement qu'il était un peu dégénéré.

Mais, puisque malheureusement, Mme Dumont-Dufour il y a, qu'elle fiche donc la paix à son fils. Quant à son fils, il se dit que le mieux serait de témoigner à une telle mère un mépris silencieux qui aurait au moins l'avantage de pouvoir passer pour de la simple froideur, voire même une sorte de respect. D'ailleurs, après quatre lustres d'une étude quotidienne et forcée, ne la connaît-il pas trop pour qu'elle l'intéresse encore au point qu'il lui en veuille ? Si elle était jolie, si elle avait quelque étrangeté, il n'y aurait point lieu de s'étonner de l'attention qu'il lui porte en dépit de lui-même, mais il l'a regardée avec assez d'attention pour connaître tous ses défauts, et jusqu'à ceux de son épiderme aux mailles si lâches et si rudes que dans chaque pore, lui semble-t-il, on pourrait planter une fleur ou un petit drapeau. Aujourd'hui, telle qu'il la voit, immobile dans son fauteuil, il pense que sous sa robe sans ligne le corps ne tient pas plus de place qu'un portemanteau et, ce corps, Pierre a tant de peine à en concevoir la présence réelle, la possibilité même, qu'il ne saurait s'en croire issu et destiné à le prolonger. Aussi, quand sa mère, par exemple, lui reproche de n'aimer pas les siens, il se dit qu'il ne sait pas quels êtres il pourrait appeler « les siens » puisque l'hygiène la plus élémentaire veut qu'il isole le colonel dans sa folie et que, d'autre part, Mme Dumont-Dufour n'est qu'une invention domestique mieux affirmée, plus encombrante, mais de la même sorte, en somme, que le porte-parapluies en plats de cuivre marocains par elle-même conçu.

À la passion que sa mère a pour lui – passion haineuse, mais passion tout de même –, il n'a jamais en vérité répondu par quelque sentiment qui eût sa force en soi, et sa colère contre elle est tout juste d'un être qui persuadé de son intelligence a, par faiblesse, permis que s'affirmât aux dépens de sa propre liberté, de son bonheur spirituel, la vie agressive d'une créature dont il n'avait pas d'abord imaginé qu'elle pût valoir plus ou moins qu'un objet et envers qui, avait-il primitivement cru, l'indifférence était de toutes les attitudes la seule possible.

Cette indifférence, n'est-ce point elle, d'ailleurs, qui couvrit d'un voile paisible les premières années de Pierre ? Par la suite, elle lui parut contraire à ce qui eût dû être. C'est ainsi qu'il se troubla et en vint même jusqu'à se demander si ses yeux, ses oreilles et ce sens caché qui lui permettait de chérir l'invisible et que dans son langage d'enfant il appelait son « cœur » n'étaient point les yeux, les oreilles, le cœur d'un petit monstre puisque, après avoir écouté certains propos d'office, s'il essayait de préciser l'attrait mystérieux que, selon les affirmations de la cuisinière, la femme ne pouvait manquer d'exercer sur l'homme, il n'arrivait point à croire que sa mère pût participer d'aucun charme et fût capable par les détails de sa chair ou de son esprit d'intéresser celui qu'il savait qu'était son père et que lui-même deviendrait. D'autre part, jamais il n'eut pour la poitrine maternelle aucune de ces curiosités qui le tenaient pâmé tout contre les corsages des visiteuses, dont le colonel aimait à respirer longuement les mains, aucune de ces douces angoisses, non plus, qui l'arrêtaient net sur les trottoirs devant les caracos bien tendus des filles qui vendent des violettes dans les rues, l'hiver, et qu'il appelait bohémiennes au temps des ballons rouges.

Ainsi, plus tard, lorsqu'un boxeur rencontré dans un bar, qui lui avait offert des leçons de culture physique avec un sourire dont Pierre n'avait pas spontanément saisi les sous-entendus, lui eut dit : « Tu es une chanterelle, mais il ne faut pas t'accuser d'être mal foutu », et que cette chanterelle, l'hercule au nez cassé mais à la peau couleur de rose eut essayé de la faire vibrer sous des *pizziccati* que ne recommandait certes aucune harmonie des mouvements respiratoires, aucun manuel des exercices des bras, des jambes, du tronc, un jeune garçon, d'abord étonné de s'émouvoir à des brutalités attendries et précises, soudain pensa que de Mme Dumont-Dufour, le corps et les gestes avaient fini par le rendre attentif aux moindres imperfections du sexe dit beau, si bien que les joies, dont un athlète lui avait donné le premier soupçon, semblaient à sa peau plus naturelles que les autres, celles que, malgré les désillusions de certaines nuits dans les lits des femmes, il avait voulu s'obstiner à croire les plus exaltantes, les seules.

Dès lors, si de la chaleur d'une femme, ses désirs plus d'une fois encore surent renaître, ce fut bien plus de la chaleur que de la femme et, ces désirs, dont il acceptait de ne plus chercher à estimer l'objet, s'il les exprimait par des brutalités de chien, la rage exigeante que sa partenaire d'abord avait prise pour de l'amour, laissait bientôt place à un dégoût tel que le lit était déserté. Ainsi très vite, plus rien ne le tenta de la simple chair des filles.

Cependant, parce qu'il se rappelait les gestes de l'athlète et le bonheur possible qu'il en avait déduit, il s'était mis à regarder les jeunes hommes d'un œil qui n'était pas de simple camarade et, par exemple à l'atelier, durant la séance de croquis, pour oublier la maritorne qui servait de modèle, il se plaisait à imaginer, à la place de cette nudité aux mamelles et aux fesses de papier mâché, son voisin dont il ne pouvait s'empêcher de se dire qu'il avait une jambe fine, les reins étroits, un torse parfait. Et même, la grosse fille en qui jamais il n'avait été question de voir une créature susceptible d'être désirée, embrassée, touchée, Pierre, incapable de lui reconnaître la moindre dignité vivante non plus que le simple intérêt de la chose à dessiner, l'oubliait sur son estrade, la laissait fondre, se décomposer, tandis que ses doigts, spontanément, et sans qu'aucun ordre fût venu du regard ou de l'esprit, découvraient sur le papier un continent humain, dont le crayon fixait en simples lignes les plages idéales. Ses yeux, son nez, sa bouche, tout ce qui fleurissait en lui pour le bonheur et pour le trouble, n'avaient d'autre besoin, d'autre volonté que d'explorer le secret des cartes inventées, leurs presqu'îles, leurs plaines. Le regard du jeune homme inconnu, son voisin, comme un filet le tenait prisonnier.

Mais Pierre, qu'une parole entendue ou un coup

d'œil sur quelque carnet voisin contraignait soudain à se rappeler le modèle, s'en voulait de n'avoir pas été maître de soi et volontiers accusait son crayon de l'avoir trahi alors qu'il l'avait révélé. Il décidait de se faire violence, de reprendre le croquis, mais il avait beau essayer de ressusciter la grosse fille, son existence demeurait improbable car, pour son éblouissement, entre elle et lui, dans une lumière que ne limitait aucune précision corporelle, la jeunesse, toute la jeunesse sauvage éclatait.

Après la séance, à Diane qui l'avait observé du fond de la salle et lui demandait pourquoi il avait si peu regardé le modèle, il répondait : « L'enfant Septentrion dansa deux jours et plut. » Diane se rappelait que, la veille, ils s'étaient jurés de n'avoir point de secret l'un pour l'autre, mais ne songeait même point à reprocher le manquement au petit traité. Elle se contentait de la phrase vague, se défendait d'en remarquer la transparence. Pour Pierre, un peu honteux, et parce qu'il n'avait pas la force d'avouer, ni même d'en dire davantage, il essayait un sourire, mais ses lèvres avaient tant de peine à s'épanouir pour quelque simulacre de joie ou de contentement qu'on eût dit qu'un fil mince, bien horizontal, les coupait en deux.

Alors, il prenait la voix douce de ceux qui ont beaucoup à se faire pardonner, il offrait à la jeune fille de la reconduire chez elle, serrait son bras contre le sien mais ne pouvait lui faire don de ses pensées, de son esprit qu'il sentait se perdre dans il ne savait au juste quel brouillard.

Arrivés devant la maison de Mme Blok, d'un air absent, il disait au revoir, bredouillait pour refuser la tasse de thé que Diane lui demandait de monter prendre. Elle le sentait si loin d'elle, que les couleurs quittaient ses joues. Une marée triste, une marée grise la submergeait. Un jour était fini. Pierre, immobile, silencieux sur le bord du trottoir comme un coupable qui veut devenir un étranger, et elle, trop consciente pour ignorer que la moindre phrase serait une maladresse, trop près de pleurer pour cacher sa peine et partir brutalement sans un mot. La gorge serrée, avec effort : « Au revoir, Pierre. – Au revoir Diane », lui est-il répondu d'un ton si lourd, avec des syllabes d'un tel poids qu'elle ne s'étonne même pas de l'immobilité d'une main qui devrait se tendre. Les doigts de Pierre sont pour Diane devenus tristement anonymes. Elle les croit à jamais privés de cette chaleur qu'elle aimait voisine de son cou et elle ne sait s'en consoler, ni même prendre le ton de l'indifférence. Elle s'étrangle avec un : « Au revoir, Pierre. Demain matin, je téléphonerai de bonne heure. »

Demain matin, elle téléphonera de bonne heure. Parce qu'elle s'éloigne d'un pas décidé, Pierre essaie de se dire qu'elle n'est ni triste ni fâchée. Il lui faut tout de même bien voir qu'une boîte à dessin tremble au bout d'un bras et il ne peut plus ne pas se souvenir qu'une boule de sanglots roulait à travers le banal : « Au revoir, Pierre, demain matin, je téléphonerai de bonne heure. » Seul dans la rue, incapable de savoir où il va, où il voudrait aller, il est donc contraint de se reprocher le quasi-sommeil, l'indifférence à tout ce qui n'est pas jambe fine, reins étroits, torse parfait, indifférence où il est tombé par la faute – doit-il dire par la faute ou par la grâce – de son voisin d'atelier.

Ainsi ses yeux sont scellés, closes ses oreilles, mais plutôt que d'avouer un simple désir, il préférerait accuser quelque sortilège, se croire victime d'un mauvais œil, car, s'il ne s'en veut pas d'avoir oublié le modèle, cette grosse fille mafflue sur une estrade, comment ne se reprocherait-il point de s'être laissé troubler non par un être total et mystérieux mais par des morceaux d'un individu banal.

Or cet individu banal dont la tentation n'est même pas la promesse de quelque extase d'essence supérieure, par sa faute, pourtant, Pierre a déjà témoigné à Diane de l'indifférence sinon du mépris. Il a bien essayé soudain de se ressaisir, mais, s'il a voulu de toutes ses forces que la jeune fille crût encore à sa tendresse, il a tout juste réussi un piètre simulacre. Il a répété un nom : Diane, Diane, Diane, et, contre le bras de celle qu'il invoquait, son bras essayait de se faire plus pressant, plus tendre. En vain. Du coude partent en flèche des volontés protectrices et douces. Flèches perdues. De l'épaule au poignet, les muscles se sont relâchés. La manche d'un pardessus d'homme flottait sur la manche d'un manteau de femme, les yeux de Pierre très vite ont cru que ni l'une ni l'autre n'étaient plus habituées, que sous l'étoffe ne demeuraient même plus des pièces de squelettes, mais des bâtons indifférents. Et parce qu'en dépit de sa présence, et de son obstination à ne rien perdre de cette présence, il sentait bien qu'il oubliait la meilleure, la plus dévouée de ses amies, sa seule amie, il accuse le destin dont il n'a pas été le maître.

Mais déjà il se dit, en matière d'excuse, que s'il n'était pas le maître de son destin, il ne pouvait pas plus pour le bonheur de Diane que pour le sien propre. Donc, il n'est point responsable. Mais vite une nouvelle virevolte. Il a honte de sa lâcheté, il se morigène : « Tu n'es donc pas un homme, mon pauvre Pierre ? », et il décide qu'à l'avenir sa franchise ne se laissera plus limiter en pensée, parole ou action par aucune faiblesse même et surtout sentimentale. Donc plus de pitié pour Diane, plus de bras serré contre le sien, plus de petite promenade jusqu'à sa porte s'il a envie d'aller ailleurs. Et il ne craindra ni la brutalité ni le cynisme. Il aura le courage de ses goûts. C'est décidé. Le courage de ses goûts. C'est bien cela, c'est-à-dire qu'une autre fois il laissera la jeune fille rentrer seule de l'atelier et au lieu d'éluder ses questions trop précises par des phrases du modèle de : « L'enfant Septentrion dansa deux jours et plut » ou quelque autre boniment de la même farine, il lui déclarera tout net que, s'il n'a pas regardé ce qu'il eût dû, s'il est décidé à ne rien entendre de ce qu'elle va lui dire, c'est que, pour l'instant, il n'a pas le moindre souci de toutes les Diane de la terre, est tout entier à l'unique désir de certain jeune garçon dont le corps mériterait qu'il le suivît au bout du monde, qu'il va tâcher, en attendant, de savoir dans quel café il fréquente, et que, bien entendu, il la laisse, elle, Diane, sa vertu et sa boîte à dessin, sur le bord du trottoir qu'elle n'aura qu'à suivre, pour rentrer chez cette chère Mme Blok, sa mère, auprès de qui mieux vaut que dorénavant elle demeure plutôt que de courir les ateliers, les soirées où ne la mènent ni l'amour de la peinture ni le goût de la danse mais le simple besoin d'empêcher Pierre d'avoir les aventures qui sont de sa destinée.

Ainsi Diane qu'il se reprochait, la minute antérieure, de maltraiter devient soudain l'accusée. Toujours la même histoire : tendresse tant qu'il aura besoin d'elle, et indifférence, mépris injuste dès qu'elle ne lui sera plus nécessaire ?

Pour l'instant, il se croit irréprochable et n'en veut plus qu'à la jeune fille dont il pense qu'elle cherche à se faire épouser et s'il se rend là où il espère retrouver le jeune homme à la jambe fine, aux reins étroits, au torse parfait, c'est moins, en est-il venu à s'affirmer, pour satisfaire un désir qu'il n'estime pas que pour se venger de Diane dont la présence le condamne au remords et un peu plus allait l'empêcher de vivre sa vie.

Pierre a retrouvé son voisin d'atelier et il pense que le hasard a bien fait les choses, car ce voisin d'atelier on lui dit qu'il n'est pas un vulgaire petit peintre mais un jeune musicien que vient de révéler une partition écrite pour un ballet. Pierre n'a pas été au ballet mais il a entendu parler du compositeur, Arthur Bruggle.

Arthur Bruggle. Autour de ce nom, encore inconnu

voilà quelques mois, brille une auréole de mystère. On raconte beaucoup de choses et la vérité, certes, n'est pas si mal.

Bruggle est venu d'Amérique en lavant la vaisselle et les verres. Au Havre, il n'avait pas même de quoi prendre un billet de troisième classe pour Paris. Alors, il a échoué comme pianiste dans un petit beuglant. Pour les marins américains, les nègres qui venaient user la nuit avec un dernier alcool, il se rappelait certains rythmes, bouquets cueillis dans une vie antérieure, sauvage. Alors, les yeux soudain illuminés, comme si ses paupières allaient grandir, jusqu'à ce que de l'une à l'autre ressuscitât la mer entière, ses narines grandes ouvertes au souffle de sa propre bouche, à l'odeur de ses lèvres qui sentaient l'alcool, mais plus simplement qu'une fleur son parfum, Arthur, comme le médium qui, d'une substance aussi insensible que le chêne ciré de la première table venue arrive à deviner les secrets du temps, Arthur, de ses mains à chaque note plus longues, plus fines, et si longues, si fines qu'il n'était plus même croyable que ces lianes maîtresses d'un clavier, enlacées au rythme mieux qu'un lierre prolongeassent une simple créature humaine, Arthur oubliait tout son passé, tout son présent pour un rêve sans image, sans mot.

C'est un de ces soirs où ces doigts étaient les antennes d'un insecte à percevoir le mystère, c'est un de ces soirs que le découvrit un vague imprésario, directeur de *dancing* qui le fait venir à Paris pour diriger son jazz. Mais cet homme l'exaspère. Et puis M. Arthur a le sens de « son dignité ». Il n'a pas traversé l'Océan pour divertir la nuit, les snobs de l'Ancien et du Nouveau Monde. Dès qu'il a quelques billets de cent francs il reprend son vol, sa liberté, et va nicher dans une petite pension voisine du Jardin des plantes. Dans sa malle, il a un *smoking*, trois chemises de soie, quelques mauvais complets, un livre de Ruskin, des reproductions des quatrocentistes. Sur sa table, il a mis la photographie d'une négresse qu'il a connue à Chicago et dont il aimait les dents, les yeux enfantins et la voix nostalgique. Cette histoire de négresse, là-bas, en Amérique, l'a brouillé avec ses meilleurs camarades d'université. Il pense que la France est le pays idéal, le pays de la liberté puisqu'on y peut avoir dans sa chambre la photographie d'une femme de couleur. Il achète des traités d'harmonie. Tout le jour, il travaille. La nuit, il se promène seul dans Paris qu'il rêve de conquérir. Il va sous la pluie, les deux mains dans les poches d'un raglan qui commence à ne plus être tout à fait imperméable. Il a découvert la Seine et ses quais, appris qu'on appelle les poireaux asperges du pauvre, et que, chez certains bistrots, quand on veut une bouteille de vin, on demande un kilo de blanc. Il a lu *La Nuit au Luxembourg* de Remy de Gourmont et rencontré le ridicule et charmant petit chemin de fer qui descend le boulevard Saint-Michel et gagne les Halles où les légumes sont plus beaux que les fleurs. Il a parcouru les diverses rues de Montmartre mais, trop pauvre, n'a pu entrer dans aucun des bars dont, au reste, les jazz lui ont semblé, du trottoir, bien inférieurs à ceux de New York. Souvent il a froid. Il est près de pleurer et un peu plus il retournerait au piano de la boîte de nuit qu'il déteste. Mais il se raidit, se répète qu'il lui faut devenir un des rois de Paris, un jeune homme doré et que, de tout et même de son prénom ridicule, il peut, s'il n'est pas maladroit, tirer une séduction nouvelle.

Dans les discussions qu'il a chaque soir avec lui-même, il se juge comme s'il était un étranger et s'appelle M. Arthur. M. Arthur, il aurait dansé de joie, la première fois que la bonne de la pension de famille a prononcé son prénom qu'elle avait lu par curiosité machinale et personnelle sur la fiche que doit remplir tout nouvel arrivant.

Eh bien, M. Arthur, sous la pluie des nuits parisiennes, dix fois, cent fois, s'est dit qu'il aurait du courage, qu'il n'aurait pas froid, qu'il travaillerait.

Et M. Arthur a eu du courage, n'a pas eu froid, a travaillé.

Il avait entamé son dernier billet de cent francs quand le hasard voulut qu'il fît, par miracle, la connaissance d'une Roumaine qui, en vingt années, avait cinq fois changé de nom, de religion, de patrie. Elle était alors la femme d'un diplomate scandinave et comme telle du comité d'honneur des Ballets danois. Elle sut qu'Arthur composait, le fit venir chez elle, lui demanda de raconter son existence. Tout d'instinct, Arthur réussit à merveille, si bien, que son récit à peine achevé, avant même qu'il eût touché le clavier, pleine d'admiration pour ce garçon qui avait la moitié de son âge et trois fois plus d'aventures à son actif, la Roumano-Scandinave lui avait promis de le présenter au directeur des Ballets danois. Ce qu'elle fit. Arthur fut mis en rapport avec un peintre, un poète et, un mois plus tard, le trio avait accouché d'un ballet qui eut, en fin de saison, un succès très honorable.

Arthur Bruggle était sinon célèbre du moins lancé.

Mais ni le peintre ni le poète, qui étaient tous deux des spécialistes, n'avaient en dehors de leur art et de leur ambition de quoi intéresser. Et puis, et surtout Bruggle leur reprochait d'être fort laids l'un et l'autre. Quant à la dame roumano-scandinave, quoiqu'elle passât pour ce qui se fait de mieux dans le genre « aventurière » et eût, disait-on, mené une vie des plus mouvementées, Arthur ne la jugeait guère pittoresque. Il est vrai qu'ayant réussi au-delà de ses ambitions, toute-puissante dans le Paris des théâtres et des journaux, depuis le diplomate nordique, elle était d'une réserve fort étudiée, car elle rêvait de conquérir les vestiges du faubourg Saint-Germain où, d'abord, on l'avait acceptée par curiosité, puis régulièrement invitée parce qu'elle amusait.

Or comme elle n'avait pas de talent particulier qui lui valût d'être traitée en artiste (ce dont d'ailleurs elle ne se fût point contentée depuis son dernier mariage), comme, d'autre part, elle ne voulait pas que son rôle fût simplement de divertir ou d'organiser des fêtes, pour avoir l'air « grande dame » après avoir cherché divers moyens dont quelques-uns sans doute eussent pu sans injustice être traités de trucs, elle avait décidé que le mieux serait de ne sembler prendre intérêt qu'aux détails, aux futilités, potins ou chiffons, et de traiter avec une légèreté – d'ailleurs, feinte, mais qu'elle croyait signe de réelle aristocratie – ce que, jusqu'alors, elle avait estimé sérieux et pour quoi elle avait dépensé toutes les ressources d'un sens politique des plus fins.

Elle s'exténuait donc à parfaire le succès de Bruggle, afin d'en tirer elle-même une plus grande gloire, mais quand on la félicitait d'avoir découvert un musicien, elle répondait que son talent la séduisait bien moins que sa grâce ou les jolies maladresses de son accent. Ainsi, la vogue d'Arthur, qui lui coûtait tant de démarches, de lettres, d'intrigues que d'ailleurs elle se fût laissé hacher menu plutôt que d'avouer, semblerait résulter d'un de ces caprices dont, avant sa réussite, elle croyait seules capables les mieux racées. Au reste, depuis certain temps déjà, par système et aussi bien pour la louange que pour le blâme, quand elle avait à donner son avis, même et surtout s'il s'agissait de quelqu'un ou de quelque chose lui tenant à cœur, elle avait adopté un ton de persiflage, une liberté impertinente, qui lui permettaient de sembler estimer sans grand intérêt êtres et objets proposés à son attention, donc d'être à la hauteur de son rang. D'où l'air d'ennui qu'elle prenait, par exemple, pour assister à des spectacles qu'elle s'était donné le mal – et non des moindres – d'organiser, d'où l'expression lointaine qui maquillait si subtilement ses efforts ambitieux et lui conférait, par effet rétroactif, une sorte de privilège de naissance qui la vengeait de tous ceux ou celles qui, jusqu'alors, ne l'avaient tolérée que comme simple amuseuse.

Son triomphe, c'était le choix des épithètes frivoles réservées pour l'ordinaire à son pékinois favori et dont soudain elle usait pour qualifier l'homme le plus gravement admiré. Sa façon d'être, à tel point familière avec quiconque passait pour avoir du génie ou, à la rigueur, du talent, forçait de conclure à la quasi-égalité de cette femme que nul n'aimait ni n'estimait et des esprits jugés les meilleurs, les plus aigus ou les plus vigoureux de l'époque.

Aussi, n'abandonnant jamais une si heureuse tactique, à seule fin de se parer d'un jeune succès, la Roumano-Scandinave, qui eût donné sa cascade de perles pour un simple rang qu'elle eût oser prétendre hérité de sa grand-mère, traînait-elle M. Arthur, dans des maisons où jamais il n'eût espéré aller lorsque, de son Amérique, sur la foi des magazines, il essayait d'imaginer Paris, ses merveilles et son gratin.

À dire le vrai, il enrageait d'entendre vanter son sourire aux dépens de sa musique, et il avait peur d'être ainsi limité par l'admiration trop affectueusement protectrice de celle qui l'avait découvert. Ne s'était-il pas répété chaque soir, au temps de la pension du jardin des Plantes : « Monsieur Arthur sera un jeune homme doré, mais Monsieur Arthur se rappellera toujours qu'il veut être un grand artiste. »

Et puis la Roumano-Scandinave avait une manière d'agiter ses promesses comme un trousseau de clefs à telle enseigne qu'il avait la sensation d'être prisonnier. À noter d'autre part qu'elle le gardait à vue et ne le quittait pas d'une semelle comme si elle avait peur qu'il se perdît.

On ne lui laissait guère de moyens de se distraire. Il avait bien essayé de se lier avec le premier danseur pour qui, à la vérité, jamais il ne s'était senti beaucoup d'attraction, mais qu'une publicité habile, et la passion acharnée jusqu'au ridicule d'un vieux duc et d'une grosse Péruvienne qui se le disputaient frénétiquement, aux yeux tout neufs d'Arthur, paraient d'un certain prestige qu'il eût aimé à croire un prestige certain. Mais après quelques dîners et quelques soirées à Montmartre, il le jugea définitivement si stupide qu'à l'avenir il ne put même plus supporter sa présence.

Bruggle s'ennuyait et c'est pourquoi lorsqu'il pouvait s'échapper de l'hôtel de la Roumano-Scandinave (qu'il appelait maintenant sa dompteuse) il se réfugiait dans l'académie où Pierre Dumont et Diane Blok venaient faire leurs croquis.

Or Bruggle avait remarqué Pierre, avant même que Pierre ne l'eût remarqué, mais Bruggle, persuadé que sa gloire toute neuve lui conférait une dignité à laquelle il ne devait manquer, n'eût accepté, pour rien au monde, de faire, le premier, des avances. Il attendait celles de Pierre. Volontiers il l'eût hypnotisé pour qu'il les lui fît.

Aussi, lorsque Pierre, après avoir reconduit Diane jusqu'à sa porte, fut revenu sur ses pas et eut exploré les divers cafés de Montparnasse jusqu'à ce qu'il eût enfin découvert son voisin, lorsqu'il eut appris quel était ce voisin, se fut assis et eut, comme par hasard, laissé sa main effleurer la main de celui à qui, tout à l'heure déjà, il avait sacrifié Diane, Bruggle, heureux de sentir dans chaque geste un aveu craintif, daigna enfin oublier sa gloire et les obstacles que certes n'eût jamais surmontés d'elle-même la timidité de Pierre.

Une heure plus tard, Pierre téléphonait pour décommander un dîner. Or à peine achevait-il de parler que des dents soudain mordillaient une oreille et des doigts plus frais que plantes, devant sa bouche, s'opposaient au moindre cri, tandis qu'un rire roulait en réponse à la stupeur qu'on lui interdisait d'exprimer. Puis la lumière se fit. Bruggle était là. Pierre voulut fuir son regard mais, déjà saisi aux poignets, il devait accepter la volonté de deux yeux. Deux yeux qui lui semblaient les yeux d'un animal. Pourquoi crut-il encore lire « Ratapoilopolis » sur le mur ? Ratapoilopolis, la folie. Un nuage passa dans les yeux de Bruggle qui eut peur sans se rendre compte de la peur de Pierre. Lentement, l'étau des doigts se desserra. Des mains s'appuyèrent à des mains, des paumes épousèrent des paumes. Pierre eut un frisson puis ne fut plus que la goutte de sang transfusée pour le sang d'une autre vie.

Incapable de se ressaisir dans sa chair, dans son corps qu'il ne se rappelait plus, il accepta tout le visage de Bruggle, ce masque de peau qui déjà touchait sa figure.

Le visage de Bruggle, ce masque de peau. Il était froid. Pierre n'y voyait plus qu'un œil et lui, Pierre, peu à peu il cessait d'exister.

Bien entendu, Diane, tout de suite, détesta le musicien. Mais la jalousie qu'elle ne put manquer d'avoir dès que Pierre, le lendemain, lui eut parlé de son nouvel ami, au lieu de déchaîner en elle une colère ou quelque sentiment de réprobation l'incita à la pitié. C'est de cette époque que datèrent les baisers à bouche trop grande ouverte, des gaffes très étudiées et des allusions à sa vie et à ses goûts destinés à la mettre, pensait-elle, au même niveau que Pierre, car si certaines femmes coupables et honteuses se croient obligées de mentir et miment la vertu, dans une volonté de redevenir ou tout au moins de sembler dignes de l'homme qu'elles aiment, Diane, pour que le remords n'éloignât point Pierre de la jeune fille innocente que, selon elle, il la croyait, pour qu'il ne fût point trop accessible aux raisons de se juger amoindri, faisait en sorte qu'il pût parallèlement la soupçonner.

Mais comme les paroles sont choses légères – Diane avait suivi les cours de droit de première année et connaissait le « *verba volant, scripta manent* » –, elle profita d'un voyage pour écrire à Pierre qu'elle avait eu des amants. Elle avait décidé qu'ainsi elle serait mieux défendue contre elle-même et n'aurait plus jamais la tentation de rien reprocher à Pierre.

Ainsi Diane a accepté Bruggle, comme elle eût accepté n'importe qui ou n'importe quoi, pour conserver Pierre. Mais Pierre, s'il sait qu'elle a fait pour lui de grands sacrifices et qu'elle est prête à en consentir de nouveaux, souvent ne veut pas s'avouer son égoïsme. Il lui arrive par exemple d'accepter de se croire une victime et de se dire qu'il souffre entre Arthur et Diane de n'avoir jamais su distinguer l'amour de l'amitié. Belle excuse et qui a du mal à prendre même auprès de celui qui se la fabrique à son intention particulière. En fait, Pierre ne revient à Diane que lorsque Bruggle ne veut pas de lui mais, incapable de se libérer du besoin qu'il en a les soirs où il en est privé, après avoir été avec Diane au théâtre ou s'être rongé dans la solitude, il tente finalement de retrouver, et jusque dans les présences les plus misérables, l'illusion dont il a faim et soif. Tandis que son être essaie de se confondre, comme par procuration sensuelle, dans un autre être, et non dans celui qu'il touche, mais l'autre, le vrai, l'absent, son esprit prend haine d'un esprit que jamais il ne pourra connaître, et qu'il veut croire, quand même, noyau sensible, noyau palpable du fruit humain. Il se contente donc des plus viles aventures, et parfois en a un tel dégoût qu'il veut croire à quelque punition, volontairement infligée à sa chair. Mais pour les spectateurs, il a tout juste l'air d'un petit animal exigeant : « *Pierre is like a dog* », déclare Bruggle.

« *Pierre is like a dog.* » Il se répète l'injure, s'en irrite. Injure, injustice. Être traité de chien, alors que toute sa fièvre est d'inquiétude, et il se considère en victime, se dit que si sa mère ne lui avait pas inspiré par son attitude le mépris du sexe dit beau, il eût peut-être été le plus insouciant et le plus heureux des hommes à femmes. Il sait bien que pour Arthur l'amour jamais ne perdra sa gaieté de jeu ni son assurance esthétique. Le jeune Américain aime la mise en scène des pyjamas, des caleçons surprenants, du linge savant. Arthur a un trop grand goût des objets pour être sensible à ce que Pierre appelle (non sans orgueil et, pour une amère revanche dont il voudrait bien ne pas voir la vanité) les problèmes essentiels.

Ce joli animal, quoiqu'il ait toujours semblé aussi souple, aussi bien fait d'esprit que de corps, Pierre sait qu'il ne comprendra jamais des affirmations telles que celle-ci qu'il ne peut s'empêcher de répéter et que, d'ailleurs, contredit sa fringale de Bruggle : « Les êtres qui m'ont hanté m'ont toujours hanté comme des pensées. » Et même, le désir de se connaître qu'il sent en Pierre effraie Bruggle qui déclare volontiers : « Toi et Diane, votre faute c'est de trop regarder en vous. »

Sans doute Arthur a-t-il raison, puisqu'il est heureux, sait user des choses et des gens, deviendrait poisson s'il tombait à l'eau et ne perd jamais son arme, une coquetterie dont les volontés naïves souvent lui valent cette joie dans la séduction qui donne toute sa beauté au visage où l'on avait d'abord remarqué les yeux, rien que, semblait-il, pour oublier une innocence trop simple, en faveur du diabolisme glauque d'un regard.

C'est pourquoi quiconque ne s'est laissé prendre au manège de Bruggle ne saurait comprendre la séduction pour les autres de ce New-Yorkais dont la dame roumano-scandinave, « sa dompteuse », avait sans doute raison de préférer la grâce à la partition de ce ballet d'opéra, prétexte et non réellement cause de son succès.

Bruggle est d'une force qui n'a rien à voir avec l'intelligence au sens où nous l'entendons. Issue des profondeurs, sa puissance dépasse les moyens qu'elle a de s'exprimer consciemment et il serait aussi injuste qu'inexact de parler d'adresse à son endroit, mais une mystérieuse énergie jaillit de lui-même, comme de la peau d'un chat l'électricité. Félin flottant dans un veston sac, félin aux larges souliers – les Français, dit-il, aiment les chaussures et non les pieds, les habits et non les corps, et c'est pourquoi ils font si étroites leurs maisons d'étoffe et de cuir –, Arthur, noyé dans son raglan, à chacun de ses gestes, fait moins songer à tout ce que son élasticité sous-entend d'étude qu'aux instincts mêmes qui décidèrent de cette étude. Pierre, souvent, à le regarder marcher s'est dit que les possibilités cruelles, sauvages demeurent toujours identiques à elles-mêmes dans la danse d'une panthère.

Diane, qui préfère les chiens aux chats, même s'il n'y avait pas d'elle à Bruggle cette jalousie qu'elle sent d'ailleurs trop précisément pour en subir tous les effets, Diane, par nature, a de l'aversion pour Bruggle. Compatissante comme elle l'est, désireuse par-dessus tout de libérer Pierre des fantômes de Ratapoilopolis dont elle sait que Mme Dumont-Dufour lance contre lui la meute, elle ne peut supporter par exemple qu'Arthur, épris de soi et doué d'une coquetterie à la fois trop subtile et trop exigeante pour n'être pas d'une chasteté au moins relative, traite Pierre avec mépris, parce que la peur de l'insomnie et de l'obscurité solitaire le contraint à des aventures dont il tire plus de remords ou de dégoût que de plaisir.

Elle sait, et elle souffre assez de savoir qu'il ne trouvera jamais un asile sûr dans les bras frais des femmes et, pour excuser et peut-être aussi pour ne point s'aigrir du rôle de sœur dont il lui faut bien se contenter, elle se dit qu'il est le premier à être malheureux de sa vie et de celle qu'il lui fait et, pense-t-elle, s'il n'avait pas été privé de cette bonne grosse santé qui lui a permis à elle, Diane, de supporter, sans émotion définitive, les discours de Mme Blok, sur le suicide de M. Blok, Pierre n'errerait pas à l'aventure.

À l'aventure. Car il ne sait où il va, dès qu'il n'est plus immobile et silencieux, sur une chaise, à se torturer au plus profond, sous le regard de Mme Dumont-Dufour obstinée dans son besoin de vengeance.

Le besoin de vengeance de Mme Dumont-Dufour.

Pierre est las.

Il sent que dans ce duel, toutes forces vont être gâchées.

Pourquoi n'a-t-il jamais eu le courage de partir ? S'il se suffisait à lui-même, au moins. Mais il a besoin des autres et Arthur n'est pas un refuge. Pour Diane, ne s'est-il pas déjà répété cent fois depuis une heure qu'il ne saurait vivre près d'elle.

Qui alors ?

« Personne. »

Pierre a mal à la tête. La nuit est tombée. Mme Dumont-Dufour fait de la lumière et interroge, la voix sèche :

« Eh bien ? »

Pierre ne répond pas. On lui fait remarquer qu'on lui a laissé le temps de réfléchir : « Parle.

— De quoi ? »

Deux épaules se haussent sous du crêpe marocain :

« Parleras-tu ?

— Je n'ai rien à vous dire.

— Tu n'as rien à me dire ? En es-tu bien sûr ?

— Sûr et certain. »

Et une gamme de ricanements de commencer. Mme Dumont-Dufour ne veut pas manquer la scène principale, aussi cherche-t-elle une phrase à l'emporte-pièce que d'ailleurs elle ne trouve point, s'étrangle de rage et finit par sortir un mot en vrille :

« Avorton. »

Pierre : « Je suis mal fichu, d'accord, mais la faute à

qui ? Soyez persuadée que, si je vous avais faite, vous eussiez été encore mieux réussie.

— Avorton ! répète Mme Dumont-Dufour, et avorton, explique-t-elle, non par ma faute, mais celle de ton père, de ce père que tu respectes, que tu admires, tandis que moi qui ai tout fait pour toi, qui me suis sacrifiée... »

Pierre entrevoit le discours et l'armée de cauchemars. Il ne supportera ni l'un ni l'autre.

Que Mme Dumont-Dufour se montre habile, rusée, lui sera fort, brutal même. Il saisit deux poignets maigres dont ses doigts ont plaisir à martyriser un peu les os, et, sans violence, mais ferme :

« Je vous défends de parler de Ratapoilopolis, du colonel Dumont. »

Un grand éclat de rire. Mme Dumont-Dufour se dégage, mais Pierre ne lui donne pas le temps de combiner de nouveaux effets d'éloquence.

« Taisez-vous. Je vous interdis de vous plaindre. Vous n'en avez pas le droit puisqu'en somme, si votre mari n'était pas devenu fou, vous ne sauriez de quoi parler à vos amies et à toutes les vieilles toquées du genre de Mme Blok. »

Mme Block, une vieille toquée ? Si Pierre voulait être poli. Ne doit-il pas de la considération à sa mère, aux amies de sa mère.

Pierre pense que Ratapoilopolis ne peut manquer de revenir sur le tapis. Il se lève :

« Au revoir.

— Tu ne dînes pas ?

— Non. Je quitte la maison.

— Quoi ?

— Je m'en vais.

— Mais tu n'as pas un sou en poche, pas un fifrelin.

— Bruggle m'a fait vendre une toile à la femme d'un diplomate scandinave.

— Ah ! je comprends. Monsieur veut vivre sa vie. Ton Bruggle...

— Adieu. »

La porte claque. Un galop dans l'escalier. Pierre est déjà dans la rue. Mme Dumont-Dufour hausse les épaules et sonne sa domestique pour qu'elle enlève les reliefs et accessoires de son thé.

III
Le dîner avec Diane

Dans la rue, la première pensée de Pierre est pour Bruggle. Ses premiers pas aussi qui le mènent droit à la cabine téléphonique du café le plus voisin. Là, ce que des cornets acoustiques portent de métal révèle leur fièvre à ses doigts. Sa voix se trouble, tremble et brûle. Semblable feu dessèche les bouches qui lancent au Ciel leurs prières mais, comme des échos terrestres tristement doublent les mots choisis pour la divinité, tandis que Pierre prononce un nom de bataille et les chiffres qui doivent lui permettre d'atteindre celui en qui est tout son espoir, à ses oreilles continuent de siffler des menaces. Ratapoilopolis. Seul, jamais, il ne saura disperser l'armée des fantômes aux yeux de plâtre, au sourire sans lèvres. Il a essayé de fuir mais, d'un appartement d'Auteuil, le guette un Marlborough en jupons, travaillé par le retour d'âge, le goût de la stratégie domestique et le besoin de parfaire sa vengeance. Maintenant, seule dans la salle à manger, droite sur sa chaise et la cuiller hautaine, Mme Dumont-Dufour doit avaler son potage en deux temps, deux mouvements, avec l'indifférence du guerrier lacédémonien pour son brouet, car, tout comme un Spartiate, la fille du président Dufour, depuis qu'elle respire, mange, boit, parle, marche (et aussi du temps qu'elle se donnait, épouse martyre, chaque samedi soir au colonel), a toujours ignoré les plaisirs à prendre des actes de la vie courante et jamais elle n'a oublié (et bien que parfois elle ne sût au juste quel il était) un ennemi à poursuivre, à vaincre. Un ennemi à poursuivre, à vaincre. Après un repas vite expédié, elle va fourbir ses épingles a chapeaux et partir, belliqueuse, à la recherche d'alliés. Pierre sait qu'elle va circonscrire Mme Blok, essayer d'envoûter Diane et consulter Bricoulet, le cousin des Blok spécialiste et amateur des catastrophes.

D'où ce besoin de trouver un refuge. Il appelle Bruggle et de cette présence, va naître, s'il doit naître le miracle. Numéro de téléphone, « Sésame ouvre-lui » du bonheur, le souffle qui porte les syllabes magiques est une flamme, et après son passage, les lèvres, l'une sur l'autre, comme par l'effet de deux pesanteurs contraires, tombent plus faibles que les pétales d'une fleur que le soleil a tuée. Aquarium d'anxiété, cette boite d'ombre où Pierre s'est enfermé ne se réchauffe pas encore d'une voix aimée, plus douce qu'un *gulf stream* aux belles courbes. Plus avides que poulpes, les récepteurs se collent aux oreilles. Derrière le rideau de paupières ce n'est pas la nuit mais une mer mauve dont le nageur du silence ne peut savoir lequel des flots superposés va fuir. Le bleu couleur d'espoir, le rouge couleur de rage. Les joies sous-marines et les algues du doute effleurent, irritent son impatience, à tel point qu'un homme de la trempe de Moïse, se dit Pierre, de la trempe de Moïse lui-même, eût perdu la raison si le coup de tonnerre du Sinaï trop longtemps s'était répété avant de fendre en deux, comme un fruit bien raisonnable, certain nuage d'où sortit Dieu le Père avec les tables de sa Loi.

Mais s'affirme soudain la sonnerie qu'il croit la bonne, Pierre ne veut plus de limites à sa joie. Avec ferveur, il répète les syllabes qui vont lui permettre d'atteindre, d'entendre. Atteindre, entendre, communiquer, communier. Il parlera et il lui sera répondu. Ses, phrases iront au-devant des phrases d'Arthur. Leurs voix seront des aimants réciproques. Leurs voix danseuses de cordes, acrobates aux cœurs transparents, aux mains de lumière et qui les porteront pour les unir au plus haut point du ciel dans un soleil de joie.

Pierre n'aurait pas eu le courage d'aller jusqu'à la maison de Bruggle. « Ton Bruggle », lui a dit sa mère du ton dont elle eût dit : « Ton idole. » Son Bruggle, oui. Son idole, non. Bruggle, son dieu. Un dieu dont il est la chose, pas même la créature. Comme un visa obligatoire toujours il quête son assentiment mais ne se reconnaît aucun droit en échange et n'oserait, par exemple, se rendre chez lui sans y avoir été prié. Or des amoindrissements, des entraves que peut lui valoir sa soumission, encore il se réjouit et, tandis qu'il répète un nom de bataille et des chiffres, il se loue de craindre Bruggle et de le craindre assez pour n'avoir point été tenté de faire un chemin qui lui eût paru interminable. Et non seulement il se confie à l'homme, mais à tout ce qui (êtres ou objets) peut l'en rapprocher. Il a cherché par exemple pour la téléphoniste les mots les plus doux. À noter d'ailleurs qu'elle a voulu voir de l'ironie et rien que l'ironie dans la soumission de Pierre et cette ferveur du dévot pas très sûr de soi qui a recours aux saints et bienheureux intermédiaires. En réponse, il a reçu un petit rire sec. Deux gouttes glacées sur sa fièvre. Ses yeux alors se sont ouverts, ont cherché des objets consolants, n'ont rien trouvé d'abord dans l'obscurité d'une petite boîte où n'avait pas été faite la lumière, mais peu à peu se sont habitués à l'ombre et, soudain, des éraflures sur un mauvais papier ont su composer un dessin où transparaissait le visage de Diane. Le visage de Diane. Celui des jours où, par la grâce de sa tendresse, l'apaisement en lui descendu, Pierre lui a laissé deviner qu'elle n'était, somme toute, qu'une banale médecine et, n'ayant pas le courage de la plus simple politesse, au lieu de la retenir dès qu'il n'en avait plus besoin et malgré le désir qu'elle avait de demeurer encore quelques instants, il faisait tout son possible pour qu'elle partît et même, si elle avait montré trop de lenteur à le guetter, l'eût congédiée d'un mot brutal. Ainsi, en une année il a eu, pour elle, moins d'égards que pour la postière récalcitrante, en cinq minutes.

Or s'il condamne la manière dont il use de Diane et de sa bonté, de ce fait, il juge impardonnable toute la gentillesse dépensée pour obtenir plus vite un numéro de téléphone et, comme le suppliant qui n'a point touché les intercesseurs célestes, accuse le Dieu auquel il n'a pu ou n'a osé directement s'adresser, il rit de sa superstition et se sent prêt à renier Bruggle. Le besoin et la peur qu'il continue d'en avoir l'excitent au blasphème et, sans doute, est moins grand son désir de vengeance que sa volonté de croire que son péché contre Bruggle, dût-il demeurer en esprit, lui vaudra d'être châtié, châtié de la main même de l'être dont le poids est trop lourd en lui. Seule une torture peut mesurer sa passion et, souffrant du dieu muet, après avoir souhaité qu'il devînt le dieu mort, si durement le fouettera chaque minute de son silence que ses oreilles vides s'empliront d'un chant que nul ne saurait entendre.

Elle est loin du rivage encore, cette marée qui l'emportera jusqu'aux îles du bonheur sans mots. Pierre est maintenant prisonnier, livré à la bonne volonté d'une postière. Des graffiti, en soi inintelligibles, lui valent de reprendre notion plus que jamais aiguë de certaine tristesse qui n'est pas la sienne mais dont il est juste qu'il souffre. Diane qu'il eût voulu noyer au plus profond de l'oubli est remontée à la surface. Or parce qu'il n'a pas le courage de supporter seul la responsabilité trop lourde de son ingratitude, il accuse la mauvaise influence de Bruggle. Tout à la dévotion d'Arthur, acharné à découvrir jusque dans ses silences, son rire parfois trop gros, de nouvelles raisons d'admirer, comment ne reconnaîtrait-il pas enfin son excès d'humilité. Et non seulement de Diane il n'a ni plus ni mieux estimé le bienfait que celui d'une tisane de simples, bue dans une heure d'insomnie pour que descende enfin le sommeil, mais encore il ne s'est jamais opposé aux affirmations, sous-entendus et gaffes que la jeune fille combinait à plaisir parce qu'elle les croyait propres à la mettre sur le même plan, sinon à un niveau plus bas, que certain garçon qu'elle aime trop pour accepter qu'il se méprise. Or il se rend compte aujourd'hui que, parallèlement, lui-même pour Bruggle, il s'est aux yeux de Bruggle et aussi à ses propres yeux diminué et moins sans doute par humilité que pour donner à l'être aimé ce qu'il a cru le plus beau présent : l'estime de soi.

D'une cabine téléphonique où l'impatience multiplie la force des souvenirs, Pierre se rappelle qu'il a toujours eu honte. Honte de son visage irrégulier, chaotique où seul, pense-t-il, le regard met une lueur intermittente et incontestable d'intelligence. Honte de son corps et, ce qui est le comble, honte des compliments, des désirs qu'il lui a valus (par exemple le « Tu es une chanterelle » du boxeur). Honte des gestes et de celui d'amour dont le besoin ne l'habite que pour mieux permettre le triomphe du dégoût dans sa chair fripée. Honte de ses pensées, l'essentiel de lui-même sans doute, puisqu'il ne peut rien contre leur surprise et que demeurent impuissantes les volontés qui les condamnent et que, toujours, il a, de sang-froid, jugées les meilleures.

Par la faute de cette honte, il se dit qu'aucun être, et Bruggle lui-même en qui, cependant, il s'efforce de découvrir la perfection, ne saurait tirer de soi quelque juste sentiment d'orgueil ou de respect. Seule la comparaison que chacun essaie entre sa vie et celle des autres permet de se relativement bien juger, et encore non dans la totalité de la personne dont les éléments par incurable mimétisme, à chaque rencontre, se transforment et sans qu'il soit possible, en fait, de rien démêler à l'écheveau des réflexes. C'est pourquoi, dans une paire d'amis ou un couple, celui qu'une exaltation en vérité grandit, toujours, consciemment ou non, tentera de se diminuer aux yeux de l'autre. Ainsi Pierre se sous-estime pour admirer Bruggle. À la vérité, s'il était capable de le juger autrement que d'après soi, il aurait notion des qualités particulières à Bruggle et dont il lui serait si facile d'être le sourcier. Pierre qui ne sent point ses limites et, de ce fait, doute de son existence propre, Pierre qui ne perçoit distinctement aucun de ses instincts, de ses goûts spontanés, non qu'il en soit dépourvu, mais parce que tous, au plus profond de lui, bouillonnent, alors que souvent il se croit confondu en d'autres âmes et que seule une presqu'île singulière lui permet de s'affirmer hors du continent universel et anonyme, jamais cependant n'est simple à devenir miroir, et même il s'est toujours refusé à tout ce qui, de Bruggle, pouvait l'enrichir et n'a point, de lui, appris à aimer les cravates aux belles couleurs, les souliers longs et larges, les objets et les gestes qui prouvent à l'homme sa puissance et, pas plus que n'importe lequel des autres, le geste d'amour. Bruggle qui le domine ne l'a point allégé des vieilles hantises. Esclave de soi, alors qu'il a cru tout donner, c'est à croire qu'il lui manque le sens ou les antennes grâce à quoi il pourrait comprendre en quel bonheur Bruggle, petit sauvage, cherche sa dignité. La plus égoïste des femmes toujours saura mieux s'oublier que le plus détaché des hommes. Pierre qui est persuadé de son humilité et, pour Bruggle, eût voulu se retourner comme un gant, n'a jamais cherché en Bruggle qu'une perfection qui serait d'un Pierre réussi. Or les traits communs à Pierre et à Bruggle ne semblent exister que pour mieux accuser tout ce par quoi ils diffèrent l'un de l'autre.

Diane, au contraire, Diane qui n'a jamais été tentée de voir entre elle et Pierre aucune similitude, Diane, non par calcul de coquetterie, mais spontanément est devenue parallèle à celui qu'elle aimait. Ainsi s'est-elle imposée à Pierre au point de ressusciter d'un mauvais crayonnage sur les murs d'une cabine téléphonique. D'une telle apparition se nourrit son remords et des mains tout à l'heure brûlantes se glacent. Le métal devient leur frère. Autour de Diane en couronne s'assemblent les tronçons de tous ceux qu'il a connus. Chaos de la mémoire. Étranger, extérieur au spectacle, Pierre, qui n'a rien su régler, sent croître sa honte. Il avait froid, mais son cœur qui a voulu se vêtir a mendié auprès des passants et n'a reçu que des loques. Il grelotte sous un bariolage, comme les masques rentrant à l'aube, lorsque la neige commence à tomber, après les bals, sur les chromos. Il a voulu réfléchir, coordonner, mais ses doigts n'ont rien pu saisir et la sagesse n'est point en lui. Le colonel, Mme Dumont-Dufour, Diane, Bruggle et tant d'autres. En eux et non en soi il a cherché les promesses de joie et de tourments. Il est donc illogique, au point que, jugeant Bruggle d'après soi, il doit aujourd'hui s'avouer qu'il n'a jamais cessé de demander aux autres ses possibilités. Mais parce que le dépit l'arme contre soi-même, il s'amoindrit jusqu'à voir dans ses plus terribles mélancolies (celles qu'il attribuerait volontiers à quelque souci métaphysique) la simple marque d'un esprit chagrin, héritage de Mme Dumont-Dufour dont l'humeur tracassière trouve dans les aventures domestiques les plus infimes un aliment au goût de cendre.

En outre, parce que sa mère, afin de l'apitoyer sur elle-même et aussi de diminuer à ses yeux le colonel, lui a raconté sa nuit de noces et n'a rien oublié de l'histoire d'une morsure à l'épaule et d'une virginité ravie sans que le colonel qui cependant passait pour un homme bien élevé eût pris le temps d'ôter ses bottes, Pierre, chaque fois que sa bouche erre par un corps dont la chair tente ses dents, ou que son désir le précipite encore mi-vêtu sur des bras, une poitrine, une jambe ou un ventre, sa frénésie apaisée, croit qu'il est, après de tels actes, destiné purement et simplement à Ratapoilopolis.

La force d'un Bruggle, au contraire, vient de ce qu'il est dans son égoïsme aussi naturel qu'un fruit. Non moins compliqué sans doute, mais harmonieux toujours. Sa bonne humeur, les premiers temps qu'il le connut, fait dire à Pierre : « Être à côté de ce garçon c'est se croire dans un bain. » Que ne rappelle-t-il toujours ce jugement ! Alors, au lieu d'essayer des comparaisons, il se louerait d'avoir rencontré un homme capable de devenir oiseau si la fantaisie lui prend de voler. Ainsi, jamais n'aurait-il eu besoin de s'acharner contre soi pour préparer le triomphe de Bruggle.

Des sacrifices, il est vrai, que Pierre d'une part consent à Bruggle, et d'autre part Diane à Pierre, de ces amputations volontaires ou non, ne décide point la seule humilité adoratrice mais un calcul aussi, grâce à quoi le plus fervent se réjouira plus, se réjouira mieux de ce qui lui aura été accordé. Plus misérable le mendiant, plus belle l'aumône. Un jour, hélas ! celui qui implorait du regard ou de la voix, mais avait encore toute la route pour s'y griser de sa détresse, réduit en servitude, devra bien s'avouer que, seule, le contraint d'accepter son triste sort et de vouloir qu'il se prolonge la peur maladroite d'être à jamais délaissé.

Pour l'heure, Pierre qui n'aurait pas eu la patience d'aller chez Bruggle, est condamné à trépigner dans une petite boîte où la demoiselle des postes se plaît à prolonger une attente qu'elle espère fiévreuse. Il n'a plus aucune illusion sur les soucis auxquels le force cette soumission à Bruggle dont à l'instant il voulait encore se féliciter. Mais, s'il souffre de n'avoir pas obtenu le numéro demandé et comme si la lenteur à obtenir ce damné numéro dépendait de la seule volonté de Bruggle, toute sa rage se tourne contre soi et il se dit qu'il n'est qu'un pauvre gosse, habile à la seule économie des discours et non à celle de l'existence. L'existence, voilà qu'il parle comme sa mère. L'existence. Du fait de la folie paternelle et de la haine que lui voue Mme Dumont-Dufour (n'a-t-elle point repoussé la précaution jusqu'à le garder sous ses tristes jupons assez longtemps pour qu'il n'ait, malgré les essais forcenés de certaines nuits, qu'une notion vague de ce qu'il nomme vaguement l'existence ?) puisque Bruggle ne daigne répondre à son appel, non moins touchant d'être envoyé de la première cabine téléphonique venue que d'un radeau, genre radeau de la Méduse, il est seul au monde. Au reste comme si, en dépit de son incarcération dans cette boîte, il n'était pas assez malheureux pour multiplier sa rage triste, il décrète que, définitivement, la tendresse de Diane ne vaut ni plus ni mieux qu'une infusion somnifère, et que...

« Allô, grogne-t-on au bout du fil.

— Enfin, allô, c'est moi, Pierre.

— Bonjour.

— Je voudrais te voir.

— Pourquoi ?

— Pour le plaisir d'abord. Et puis j'ai des tas de conseils à te demander. »

Bruggle à l'autre bout du fil ne semble guère pressé de donner des tas de conseils. Mais Pierre se hâte d'interrompre une gamme de « Ha » indifférents :

« Je me suis fâché avec ma mère.

— Tu as bien fait.

— Je suis content que tu m'approuves, Arthur. Veux-tu dîner avec moi ? »

D'un bonheur qui fusait, à chaque syllabe de la dernière phrase, bientôt il ne reste guère plus que d'une vague venue se briser contre des récifs. Bruggle, dans sa réponse, a été plus froid, plus dur que rocher : « Dîner avec toi ? Impossible. » Éclaboussé d'une écume triste, Pierre volontiers croirait devenus blancs ses cheveux, sa peau, ses yeux. Blancs comme sa voix : « C'est bien vrai, Arthur, tu ne peux pas dîner ? » La supplication de ces mots est-elle donc si touchante ? Pour une fois, il sera dérogé au système « Monsieur Arthur ».

« Impossible de dîner avec toi Pierre, mais passe dans la soirée. J'aurai quelques amis. Pour ton repas, si tu ne veux ou ne peux le prendre seul, téléphone à Diane.

— Bon Arthur. Je te remercie, à tout à l'heure... »

Le temps pas même d'un silence, d'une hésitation et Pierre essaie un mensonge, coquetterie inutile : « Tu sais, Arthur, je te téléphone de la cabine où pour la première fois... » Un rire de femme l'oblige à constater que Bruggle a posé l'appareil sans même lui dire : « Au revoir. » Mais il ne veut plus, serait-ce en pensée, faire des remontrances à Bruggle. Déjà il a demandé le numéro de la jeune fille.

« Allô. C'est moi Pierre. Tu n'es pas encore à table ?

— J'allais m'y mettre.

— Tu ne veux pas dîner avec moi ?

— Si. Où ?... J'arrive. »

Un quart d'heure plus tard, Pierre et Diane venus chacun de son côté, à la porte du restaurant.

« Bonjour Diane.

— Bonjour Pierre. Tu as l'air tout chose. Malheureux ? »

Pierre sans répondre prend le bras de Diane, le serre et cette fois sans feintise. Ils entrent, s'installent. Diane heureuse, amusée d'être appelée « madame », Pierre un peu grisé par la faim, la chaleur. Il regarde Diane mais très vite ne la voit plus. Dans la cabine téléphonique, il a suffi d'un mauvais gribouillage sur un mur (n'importe quoi d'ailleurs eût été un aussi bon prétexte) pour que la jeune fille s'interposât. Dès lors, quoique absente, et destinée humainement à ne rien savoir de son anxiété, des paroles qui la suivraient, elle était devenue le témoin de la fiévreuse attente de Pierre et de l'indifférence (supposée à la lenteur des postières) de Bruggle. Or maintenant, délivré en fait de tout souci imputable à Bruggle, ne la voyant pas mais assez sûr de sa présence prochaine pour ne plus s'inquiéter, souffrir, entre lui et Diane descend un brouillard dont il sait que va renaître, pour sa torture, un nouveau Bruggle.

Diane, Bruggle, Diane, Bruggle. Les syllabes se confondent et ceux aussi qu'elles désignent. L'odeur d'une viande ne peut plus rappeler la salle de restaurant. Toutes les pièces relatives, tables, chaises, nappes, fourchettes, cuillers, couteaux et la Diane elle-même du dîner, se désarticulent et chacun des éléments qui les composent s'enfuit. Les murs se sont écartés. Les yeux de Pierre contemplent un spectacle sans objet. L'autre nuit déjà, il a suivi la route du sommeil jusqu'au point que nul mot ne saurait désigner.

Il était seul, il était vide. L'aventure avait commencé lorsque, d'un thorax pétrifié, les poumons, oiseaux de rubis et de feutre, s'étaient envolés. Ils étaient montés en plein ciel, plus doux que les anges qui sont pourtant, comme chacun sait, des créatures sans os, et la poitrine plus fière que la coque d'un navire tout neuf s'était réjouie comme d'une virginité un peu sotte enfin perdue. Et là-bas sur la route des soldats qui rencontrèrent le thorax inhabité, des soldats qui lèvent alors les yeux au ciel et virent une tache rouge dans le soleil, lourdement, leurs pieds rythmant le couplet, se mirent à chanter :

Qu'est-ce que c'est qu'un pucelage ?
C'est un oiseau languissant
Et qui ne sort de sa cage
Qu'après l'âge de quinze ans.

Poumon, pucelage, oiseau sanglant, oiseau languissant. La cage est vide, la cage est seule. Celui qu'elle tenait prisonnier est monté jusqu'aux étoiles. Mais déjà le voici qui redescend métamorphosé, devenu visage aux yeux clos, aux traits parfaits, aux joues, qu'on devine, du premier regard, plus douces que cire à la caresse des mains et des lèvres. Or ces paupières si parfaitement jointes qu'on les eût prises pour une seule et même coquille, de ces paupières, soudain, quel invisible coup de dent fait jaillir le noyau des yeux ? Parmi l'ombre née des tempes, des narines, du menton, un regard soudain fleurit. Regard impair, bien que deux yeux soient l'un et l'autre vivants. Et les traits du visage ont achevé de s'effacer. Dans la solitude, dans le vide en face d'un garçon au corps creux, ne demeurent que deux yeux : un œil de Bruggle, un œil de Diane.

Œil de Diane, précis et triste d'une conscience qui le limite, œil de Bruggle, le plus bel œil humain que Pierre ait jamais vu. Œil humain, œil animal aussi et que l'amour même ne saurait apprivoiser. Bruggle, petit sauvage, son œil sent la forêt, le bois sec, la pluie. Une goutte de son regard est plus profonde que tous les océans les uns sur les autres. Œil de Bruggle, œil animal. Bruggle petit sauvage. Il avait raison de rire de l'ambassadrice scandinave. La dompteuse, comme il dit, a beau s'y connaître en hommes, elle a enfin trouvé quelqu'un à ne pas domestiquer. Bruggle petit sauvage, et son œil libre. Œil de Diane précis et triste d'une conscience qui le limite.

Ces deux yeux, deux frères ennemis, l'un de l'autre s'approchent. Pierre d'abord a cru à quelque bataille. Déjà ils se touchent mais leurs cils ne se hérissent point et sans qu'il y ait eu la moindre affirmation hostile, Pierre peut voir l'œil de Bruggle en transparence, sous l'œil de Diane. Puis il n'y a plus rien dans la solitude, dans le vide.

Une douce lave noie toute chose et Pierre comprend que la mort c'est le point dans l'espace et le temps où convergent pour se détruire les uns les autres, les uns des autres, tous les regards, ceux des êtres, des choses, des minutes, des lieux, des gestes, des remords, des joies, des espérances, des rages, des cris, des larmes, des rires. Et ne demeure qu'un trou plus blanc dans le blanc, plus noir dans le noir.

Grands yeux si grands ouverts qu'ils semblaient vides, Bruggle n'est jamais si beau que lorsque, perdu dans on ne sait quelle brume, se creusent ses orbites et à tel point qu'il n'est pas croyable que de si mystérieuses cavités puissent trouver place dans un visage humain.

Mais lui, Pierre, ce soir comment aurait-il le courage de redevenir le jeune homme vivant ? Il dîne sans adresser un mot à sa compagne, alors qu'il n'aurait pas eu le courage de s'asseoir seul à une table. Avec des gestes plus légers que ceux des ombres, il passe le poivre, le sel, les aliments.

Sous la nappe, il joint ses mains.

Va-t-il demander pardon de n'avoir pas estimé à leur juste prix les joies dont l'amie a voulu le combler ? Joie de l'esprit, du cœur ? Pierre ricane. Il ne croit plus à la possibilité de ses joies. Jamais en revanche ne se rassasiera l'appétit qu'il a de Bruggle. Chaque jour, davantage, il admire son corps, arbre à la fois dur et souple, robuste et fin, son corps. Le corps et les lianes qu'il lance, ponts subtils, parfumés des bouquets précis de gestes, des pétales de la voix, de deux fleurs ravies à la couronne d'Ophélie, ses mains, et des plus improbables des plantes dont ses pas suivent les courbes dans une marche qui, jamais, n'a pu s'empêcher de très vite devenir une danse.

Appétit, appétit, toujours et appétit encore, cette langueur attentive, lorsque gardien du sommeil de l'autre, il pose une main sur une forge de peau fraîche, la poitrine de Bruggle, et, dès que l'aube, au travers des rideaux, le permet, un regard sur deux triangles un peu bombés et plus doux que fruits, des paupières bleues d'une fête sensuelle, comme des prunes de soleil. Paupières, les lèvres de celui qui ne dort pas, avec la furtive prudence des voleuses vous effleurent mais, les cils rencontrés, soudain s'enfuient car elles ont peur de ces herses qui défendent les secrets des hommes et leurs résumés aux belles couleurs, les yeux. Ce front définitif dans l'incertitude aigre du petit jour, ce front définitif parmi le désordre du lit, son bonheur lisse, de quel bois a-t-il été sculpté ? De quel bois ou de quel marbre ? Le crâne de Pierre est une triste maison d'os et son toit de cheveux le plus misérable des chaumes. La tête de Bruggle, au contraire, laquée d'une cruelle innocence, est le temple où la jeunesse embellit tout. La jeunesse. Avec elle se confond celui qui dort, ignorant des cauchemars. Bruggle n'est pas de ceux qui attendent ou même laissent venir leur soir. Il ne mourra point, mais s'évaporera dans la plus insolente des lumières, semblable aux nuages nés à midi qui, après s'être amusés à jeter d'un ciel trop chaud, trop cru les promesses de terre mouillée, au crépuscule n'adoucissent plus le couvercle de plomb d'où nul ne continue à oser espérer des colliers de pluie.

Mais parce que cette fraîcheur n'est pas encore près de se ternir, et comme si elle ne devait durer que pour son bonheur, Pierre se persuade que Bruggle, petit sauvage, lui est trop secourable pour qu'il permette ce soir aucune tristesse au premier plan. Le dîner avec Diane (son silence n'est pas l'ennui) sert de simple transition. Il est le pont de Mme Dumont-Dufour à Bruggle, d'une adolescence que la tristesse a faussée à une jeunesse vraie, des scrupules tièdes aux joies crues. Tout à l'heure, à jamais, seront abandonnées les vieilles hantises. L'innocence insolente des heures, désormais, plus et mieux que le soleil le dorera.

Diane dîneuse, sa voisine, vers elle le seul malheur l'a conduit. Diane, douce compagne des hivers, sœur d'ombre. D'elle, en silence, il s'éloigne, car il veut croire que Bruggle, son frère de lumière, le sauvera. Fini l'attendrissement des ciels gris, des pluies fines. Pierre n'a plus besoin d'une garde-malade qui le promène par des rues sans joie. Sa peur du vent trop libre, de la colère des vagues, grâce à Bruggle, va devenir cette inquiète audace qui décide des départs et donne aux aventures leur goût.

Pierre, de Bruggle, prendra la force de n'avoir besoin de personne et, dès ce soir, puisque Bruggle l'a prié à le venir voir – il ne se rappelle point que c'est par pitié –, commencera le règne de la joie. Et déjà, Diane, qui n'a point quitté Pierre des yeux, est surprise du sourire dont se colorent ses lèvres. Elle est surprise et triste très vite, effrayée même. Comme une mère qui voit son enfant soudain guéri sans avoir pu saisir les moindres signes d'un mieux pourtant épié, Diane, au lieu de se réjouir, a peur que n'ayant plus besoin d'elle, Pierre cesse de l'aimer ou bien perde cette grâce, cette langueur qui la touchèrent et permirent à ce qui, pense-t-elle, eût dû être simple amitié de devenir amour. Diane, les coudes sur la nappe, le menton dans ses mains en coupe, sait qu'il ne sera pas répondu à l'interrogation de son silence.

En face, tout près d'elle, un jeune garçon, à chaque pensée, plus sûrement que d'un coup de rame d'elle s'éloigne. Son air malheureux qu'elle chérissait pour tant de promesses suppliantes, cet air qui implorait une aide qu'elle avait si grand bonheur à donner, est devenu un air absent. Si elle essayait de parler, Pierre ne l'entendrait point. Alors, parce qu'elle croit qu'elle ne pourra jamais plus rien pour son secours, elle ne cherche même pas des mots qui puissent avoir raison de son silence.

Grâce à Mme Blok qui est rentrée toute bouleversée et s'est accusée d'avoir par sa question : « Est-il anormal ? » déchaîné des malheurs, Diane sait qu'une scène n'a pu manquer d'avoir lieu entre Pierre et sa mère. Comme elle n'ignore aucune des ressources de Mme Dumont-Dufour dans l'art de persécuter, dès qu'elle a entendu la voix de Pierre au téléphone, elle s'est dit qu'il devait souffrir et que sa présence lui serait bonne. Or bientôt ils auront fini de dîner et

Pierre, se répète-t-elle, n'a desserré les dents que pour lui dire bonjour. Il s'obstine à tout garder secret et la jeune fille volontiers croirait qu'il ne lui a demandé de venir que pour lui donner le spectacle de son détachement tout neuf. D'autres soirs, déjà, il ne se plaignait point avec des mots mais il prenait alors les mains de Diane, en faisait un bandeau pour son front chaud et, des doigts frais, tendres aimants, du crâne, extirpaient les douleurs dont il était cloué. Aujourd'hui qu'on ne lui demande plus rien, elle regrette la guérison du malade et en même temps elle a honte, car il lui faut bien s'avouer que si elle a voulu soulager la hantise de Pierre, ce fut moins en vue du bienfait lui-même que pour la joie des heures qu'elle y consacrait.

Paumes, hirondelles blanches, dont les nids sont deux tempes douloureuses, il ne faut pas qu'elles tremblent, il ne faut pas qu'elles aient chaud. Diane devant son miroir a appris une grimace qui donne l'impression du sourire. Cette grimace lui faisait mal. C'était comme si elle avait relevé ses lèvres avec des épingles de sûreté. Mais elle voulait croire que Pierre se laissait prendre au mensonge de cette bouche figée dans la joie. Dès qu'elle l'avait quitté, les jours où il s'était confiné dans sa propre douleur, sans avoir un mot affectueux pour elle, Diane laissait tomber le masque et du sourire qu'elle avait singé durant des heures, une glace soudain lui montrait qu'il ne restait plus que deux petites rides. Deux petites rides. Elle se rappelait que Pierre en partant lui avait dit qu'il passerait sa soirée avec Bruggle et, bien qu'elle voulût se défendre d'être jalouse, elle pensait qu'après le dîner elle ne saurait que faire. Mais toujours elle a eu la force d'imposer silence aux tentations haineuses. Dans son lit où elle ne pouvait s'endormir, honteuse d'imaginer un autre lit où la tête de Bruggle reposait à côté de la tête de Pierre, honteuse de penser que des corps sous des draps prolongeaient ces deux têtes dont l'une était haïe et l'autre la mieux aimée, Diane, les ongles enfoncés dans ses mains pour que la douleur la tirât d'une rêverie vénéneuse, se contraignait à oublier les fautes des autres pour plaindre leurs souffrances. Et c'était toujours le souvenir d'un serment qu'elle s'était fait à elle-même, le soir où sa mère, pétrifiée dans son satin crème et rose avait hurlé : « Mon enfant, ton père est mort, il s'est suicidé. » Elle avait vu l'homme dépendu qu'on avait mis sur le divan, et tous les invités plus noirs que corbeaux, qui s'empressaient autour de cette grande poupée roide, un pantalons à carreaux, bras de chemise, langue tirée. Lorsqu'on l'avait recouchée, les yeux clos, mais ne dormant point, enfant qui croyait que des prières pouvaient sauver une âme, les mains jointes sur sa poitrine, et avalant les larmes que ne pouvaient retenir ses paupières pourtant fermées, elle avait promis au jésus de plâtre frais de ses douze ans, qu'elle irait toujours aux malheureux, semblable à cette femme de l'Évangile qui, de ses cheveux, avait essuyé les pieds divins. Plus tard, alors que le jésus de plâtre frais ne fut plus qu'une image de sa propre enfance, même aux heures où Mme Blok, par sa rengaine : « Le suicide c'est comme les cheveux roux », la tentait d'un désir de mort qu'elle croyait aussi naturel de porter que le nom de celui dont elle était issue si, par exemple, elle se disait que les revolvers ne sont pas faits pour les chiens, et qu'il peut être certains jours fort commode d'habiter au cinquième, toujours, à l'arrière-plan, demeurait le vœu du soir où elle avait fait connaissance avec la mort. Des croyances qu'elle n'avait plus dominaient encore sa vie. Ainsi, au nom d'une charité dont, au reste, le principe était dans son cœur bien plus encore que dans le catéchisme où elle avait appris son nom théologal, du jour où elle a connu Pierre, elle s'est résignée à n'être pour lui qu'une sœur attentive et peut-être secourable. Son aînée de trois ans, elle s'est répété que la justice chronologique voulait qu'il cherchât en elle un secours dont il avait un besoin tout particulier du fait de la folie du colonel et de la haine de Mme Dumont-Dufour, alors qu'elle s'est toujours défendu de croire qu'il pût trouver en elle de quoi s'exalter pour quelque amour. Mais, parce qu'elle avait spontanément renoncé à certaines joies, encore inconnues, et dont, au reste, elle ne se rendait pas compte que l'ignorance aidât à les sacrifier, elle s'était senti droit à quelque compensation et en était venue à penser qu'un lien subtil et sûr, toujours, à son esprit, à son cœur, unirait l'esprit, le cœur de Pierre.

Or durant le dîner, les couleurs qui soudain ont embelli les joues trop pâles du jeune garçon, le silence où il s'est confiné, son appétit aussi, ont donné à Diane notion d'une force dont Pierre, sans doute, dans son désarroi, n'avait lui-même pas encore pris conscience. Cette force, elle a senti qu'elle irait contre elle. Inexorablement. Elle se rappelle qu'elle a souri, quand Mme Blok, la main sur le cœur et tragique à souhait, dépeignant l'arrivée de Pierre après la déclaration de Mme Dumont-Dufour : « Il est simplement un peu dégénéré », a dit : « Il est entré comme la foudre, l'air mauvais et décidé. » En écho Diane a répondu : « Pauvre Pierrot », ce jeune garçon, elle ne l'imaginait pas l'air mauvais, l'air décidé. Mais maintenant, elle sait ce que sa mère a voulu dire et qu'elle avait raison. Il est devant elle, comme la foudre, insensible, mauvais, sauvage. Pour la première fois elle constate que ses mâchoires sont lourdes et que, s'il se perd dans elle ne sait quel brouillard, son regard n'en est pas moins dur. Facilement, Diane aurait peur. Elle pense que Pierre, à la fin du dîner, va se lever, partir. Déjà il est devenu l'étranger. Demain, Diane sera seule. Elle n'aura même pas le courage de retourner à son atelier, de continuer sa peinture, elle passera ses après-midi à regarder Mme Blok tricoter et ne pas comprendre. Elle ne tentera aucune substitution sentimentale. Pierre perdu, elle ne cherchera point à le retrouver dans quelque autre. Si elle arrive à l'oublier ce sera pour devenir la femme au cœur inoccupé. Elle vivra, indifférente à tout et à tous, sans autre secours que, au tout dernier plan, un espoir de retour qui lentement s'estompera.

Mais Diane, pour l'heure, veut profiter de ses dernières chances. Elle s'accuse de mélancolie et se jure de lutter contre l'invisible courant de tristesse qui l'emporterait si loin de l'être préféré. Pourquoi parler d'un retour qui lentement s'estompera lorsque peut-être encore il tient à elle d'empêcher le départ ou tout au moins de rattraper Pierre. Elle va donc s'accrocher aux mots, ne saisir de toutes ses pensées flottantes que les seules susceptibles de lui servir de bouées et, puisque son silence et le silence de Pierre divergent et les emmènent l'un et l'autre à la dérive, elle cherche un secours dans la première question venue.

« Pierre, que ferons-nous après le dîner ?

— Nous irons chez Bruggle.

— Chez Bruggle ?

— Oui.

— Pourquoi ?

— Je devais dîner avec lui. À la dernière minute il a dû me décommander, mais il veut que je passe chez lui dans la soirée.

— Tu devais donc dîner avec Bruggle ?

— Oui.

— Tant pis.

— Pourquoi tant pis. Tu es injuste, Diane. Vois comme Bruggle est gentil. Lui-même m'a demandé que j'insiste auprès de toi pour que tu m'accompagnes. »

Silence. Pierre écarlate cherche des raisons.

« Tu comprends, il faut absolument que j'aille chez Bruggle dans la soirée. Si je ne couche pas chez lui, où passerai-je la nuit, car tu sais, je suis fâché avec ma mère.

— Je le pensais Pierre.

— Ta mère t'a dit ? »

Diane fait « oui » de la tête et regarde Pierre. Sur son visage flottent de touchantes épaves d'enfance. Déjà Diane veut oublier que, durant tout le dîner, elle a dû attribuer ses appréhensions à l'humeur bizarre, au mutisme du jeune garçon. Comme la plus coupable des complaisances, elle se reproche de s'être doucement, lâchement laissée aller à certaines craintes. Ainsi, s'est-elle apitoyée sur son propre sort, tandis que Pierre, encore douloureux des menaces que Mme Dumont-Dufour ne manque jamais de prodiguer, se rongeait en silence. Pierre, pauvre gosse, s'il réussit à échapper à certain enfer dont la folie du colonel et la haine de Mme Dumont-Dufour n'ont cessé de multiplier les supplices, que va-t-il encore lui falloir endurer ? Et Diane le sait si mal, si peu armé pour la lutte.

« Mon pauvre petit Pierrot.

— Je ne suis pas à plaindre, Diane.

— Écoute, si tu as besoin de quoi que ce soit...

— Je n'ai besoin de rien.

— As-tu au moins un peu d'argent ?

— Quelle question ? Tu parles comme ma mère. Vous êtes bien toutes les mêmes, les femmes, vous vous perdez dans les détails. Les questions d'argent, pour vous, il n'existe rien d'autre. Sache ma petite que Bruggle ne me laissera manquer de rien. Déjà il m'a fait vendre une toile. Dans cette poche, il y a un portefeuille avec mille balles.

— Mille francs qu'est-ce que c'est ?

— Mais je te le répète, Bruggle ne me laissera manquer de rien.

— Moi non plus, Pierrot. »

Pierre entre ses dents : « Je ne suis pas un maquereau. »

Diane croit mal entendre : « Tu dis ?

— Rien. »

Nouveau silence. Comme elle ne trouve pas un mot

à répondre, plutôt que d'accuser la méchanceté de Pierre ou même sa mauvaise humeur, elle décrète que sa propre maladresse seule est coupable.

Bien que pas une syllabe n'ait été dite qui pût saper leur amitié, chaque minute elle sent peser davantage les menaces encore silencieuses. Et l'adieu lâche ou l'explication brutale et inutile que mille détails, l'atmosphère du dîner et certain pressentiment inexprimé mais réel la contraignent à prévoir, elle en revendique la responsabilité. Ainsi peut-elle excuser l'humeur hostile de Pierre dont elle ne sait plus par quels moyens douter. Qu'il s'acharne sournoisement à tout détruire entre elle et lui, Diane, dédaigneuse des petits manèges qui sont de la meilleure tactique sentimentale, Diane, incapable de composer avec l'être le plus cher et même d'opposer quelque juste réponse à ses provocations, se compare au médecin qui ne sait trouver pour le malade trop aimé le remède qu'il eût tout naturellement ordonné à quelque autre.

Lorsqu'il a déclaré : « Il faut que je couche chez Bruggle », volontairement elle a déclaré « sale et injuste » une pensée que, de sang-froid, s'il ne s'était agi de Pierre, elle eût jugée « soupçon légitime ». Et même, s'il ne s'était par la suite vanté d'avoir mille francs en poche et n'avait affirmé puis répété, avec une insistance pour le moins superflue, que Bruggle jamais ne le laisserait manquer de quoi que ce soit, sans doute eût-elle réussi à s'interdire de constater que : « Il faut que je couche chez Bruggle » en bon français signifiait : « Je veux coucher avec Bruggle. »

Au reste, c'est peut-être parce que, consciemment ou non, il avait pris notion de cette résistance que Pierre a exagéré jusqu'à ce qu'il sentît Diane obligée de savoir à quoi s'en tenir et de s'avouer, pour son malheur définitif, qu'elle savait à quoi s'en tenir.

Pour Diane, si elle souffre du point sur l'*i*, ce n'est pas qu'elle soit aujourd'hui plus qu'hier jalouse, mais la périphrase par trop transparente dont il a usé pour avoir raison de son dernier doute affirme une volonté agressive telle que la jeune fille, si elle l'explique ou même l'absout, ne peut manquer d'en être atteinte au plus profond. Or impuissante à nier les intentions mauvaises de Pierre, elle n'en essaie pas moins de se raccrocher à ses derniers scrupules. Elle, qui méprise les procédés de la coquetterie, elle va jusqu'à chercher des formules bienfaisantes, des moyens d'écarter mécaniquement les soupçons, de reculer une scène. Ainsi se rappelle-t-elle que les livres de morale enfantine recommandent d'avaler une gorgée d'eau avant de se mettre en colère. Alors, parce qu'elle sent des reproches lui monter aux lèvres, elle allume une cigarette et s'interdit de prononcer une seule syllabe, de se permettre une seule pensée contre Pierre avant d'avoir fini de la fumer.

Une fois encore, d'ailleurs, elle sera victime de ses bonnes intentions. Parce qu'elle est assez forte pour s'imposer silence et tendre les petits muscles qui relèvent le nez, les yeux, la bouche et empêchent ainsi le visage de se laisser tristement glisser, Pierre, qui au fond n'avait peut-être si bien combiné le désespoir de sa compagne que pour avoir pitié à son tour, se sent frustré, s'exaspère et pour un peu prétendrait qu'elle est en somme indifférente. Cette jeune fille qui fume devant lui, tout près de lui, et si peu ressemblante avec son masque de bonnes intentions à celle qu'il croyait qu'elle allait être ce soir, il se dit que le silence dont elle se cuirasse pour résister aux coups de son propre mutisme ou de ses phrases en flèches est moins lourd de douleur que de dépit et, même, il n'est pas loin de croire qu'une coquetterie volontairement malfaisante la pousse à s'imposer pour les séparer plus sûrement Bruggle et lui.

... Car, pense-t-il, une femme aura beau feindre la curiosité ou la sympathie, voire une admiration dont le snobisme nous a déjà valu certains exemples, jamais elle ne pourra s'empêcher de souffrir rageusement, au plus secret de son orgueil, si elle constate que l'amitié de deux hommes s'affirme au point de devenir cet amour que les hypocrites et les ignorants ne prétendent possible qu'entre des individus de sexes différents. Diane, en dépit de son esprit de charité, ne demanderait qu'à mépriser l'amour que j'ai pour Arthur, mais parce qu'un sentiment lui en impose qu'elle eût, spontanément, jugé impossible ou ridicule, elle ne se contente plus de cette paisible avenue, l'amitié, dont les possibilités sereines d'abord lui ont suffi. Pour moi, aujourd'hui, elle a moins d'affection que de haine pour Bruggle et jamais elle ne lui pardonnera de m'avoir fait découvrir le pays des splendides tourments : l'amour. Aucune femme, d'ailleurs, se répète Pierre, ne penserait ou n'agirait autrement. Ainsi, celle qu'Arthur appelle « son dompteuse », cette comtesse roumano-scandinave alors que, loin de s'offusquer des gestes qui, imaginait-elle, exprimaient nos désirs, elle semblait prendre un certain plaisir, dont au reste Arthur se choquait, à en parler, s'est au contraire moquée puis exaspérée de tout ce qui lui a prouvé qu'il ne s'agissait pas entre nous de simples fantaisies sexuelles. Si je couchais avec des voyous, cette Roumano-Scandinave, qui professe la liberté d'esprit, me déclarerait charmant jeune homme, se réjouirait, crierait au pittoresque, mais qu'elle me sache malade du plus étrange garçon, possédé mais incapable de m'en vouloir guérir, elle ne comprend plus.

Tant que les tiers croient à un vice, tant qu'ils en espèrent des spectacles bien montés, ou même à la rigueur un éparpillement de gestes qu'ils se réjouissent de juger aussi coupables et aussi rares que les orchidées d'Oscar Wilde, respectueux intérêt. Mais vienne la souffrance que ne révèle aucune cocasserie, que ne grossissent ni les persécutions sociales, ni le cachot, ni l'attirail du pire esthétisme, vienne la souffrance sans mot et qui ronge silencieusement, ceux qui avaient espéré de curieux décors, des anecdotes piquantes, des chroniques scandaleuses ne pardonnent point à la passion sa douleur trop simple. Que je couche avec Arthur, voilà qui au fond amusera Diane, mais ce soir, elle m'en veut d'avoir deviné que, durant tout ce dîner, à lui allaient toutes mes pensées. Elle tolérerait une simple combinaison physique, s'exciterait même de l'estimer sale ou vicieuse, mais alors qu'elle m'a cent fois répété qu'entre elle et moi il ne pouvait être question que de simple amitié, jamais elle ne pourra souffrir que j'aime Arthur, qu'il m'aime. Elle joue la comédie du renoncement mais, en fait, invente, ou tout au moins cherche, des séductions capables de me faire oublier Arthur. Elle cultive, sous prétexte de me guérir, ce qu'elle croit ma faiblesse et qui sert si bien à l'affirmation de sa prétendue force. Souvent, et ce soir même, j'ai été bien près de me laisser aller. Savoir, si longtemps encore, elle sera à la hauteur. La pensée d'Arthur me donne, contre elle, le courage nécessaire. Sans Arthur déjà j'aurais cédé, abdiqué entre des mains de jeune fille, accepté que ma vie devînt près d'elle un long sommeil. Mais c'est à l'ombre d'une ombre que je dormirais, car, elle, maîtresse enfin de celui pour qui, de ce pour quoi elle a, tant de mois, vécu, ou bien n'y tiendrait plus et me plaquerait sinon de fait, du moins moralement, ou bien, ce qui d'ailleurs reviendrait au même, se ferait docile à n'être plus que miroir. D'elle, j'aurais tout juste alors les images de ma solitude médiocre et d'une lâcheté qui au mien aurait uni son sort.

Diane n'est pas vraiment forte, puisqu'elle n'existe qu'en fonction de moi, en faveur de mes hantises qu'elle prétend guérir. Le bien même qu'elle veut me faire la source en est en moi et non en elle, puisque, si elle ne m'avait rencontré, jamais elle n'en aurait eu la notion. Bruggle au contraire, je l'aime parce qu'il est. L'essentiel de lui me demeure plus fermé qu'un noyau. Moi-même, si je lui obéis, si je suis docile à ses moindres volontés, il sait qu'il pourrait me briser sans que je lui livre mes secrets, cette amande qu'une Diane par exemple m'a donnée spontanément. Nous nous cognons, nous nous faisons du mal. Rien entre nous, qui ne soit lutte. Notre amour n'est pas une carie. Nous nous déchirons, nos lèvres saignent, nos mâchoires sont cassées mais pas une seule dent n'est attaquée à la pulpe. Il me torture, il me bat avec son esprit dur, son esprit hermétique et plus nous nous aimons plus nous sommes ennemis, mais aucun ne désire que l'autre à lui se soumette. Il faut être une femme, Omphale, pour faire filer Hercule et se réjouir de le voir filer.

Bruggle, des jours d'injures, des nuits de dents heurtées que je lui dois, j'ai pris notion de ma liberté. Au contraire, si j'avais aimé Diane (et si je n'avais pas connu Arthur, j'aurais cru l'aimer, je l'aurais épousée) c'eût été une vie aussi plate et même pas aussi heureuse, par conséquent moins excusable, que celle que peut lui faire n'importe quel honnête garçon et par exemple le premier ingénieur chimiste venu du genre de l'Édouard Cloupignon que son cousin Honoré Bricoulet a voulu lui faire épouser. Au fait, si je lui parlais de ce Cloupignon. Son amour-propre sera flatté. Et puisqu'elle-même avait accepté de se prêter aux manigances de ce mariage projeté, elle ne pourra plus me reprocher, par des mots, une intonation ou des yeux trop grands ouverts, Bruggle. Allons... Dis-moi Diane, as-tu revu ton ingénieur chimiste, où en sont ses chances ?

Diane laisse éteindre sa cigarette. Elle pense que Pierre est jaloux, car s'il ne l'était pas, il ne se soucierait nullement de l'ingénieur chimiste. Donc, il tient à elle et elle a eu tort de craindre son indifférence. Que Pierre répète sa question elle sourit, d'autant plus heureuse que moins prête à sentir, dans ce ton bref et cette moue, le seul dépit de la croire fière d'un mari possible et fière au point qu'il suffise de prononcer son nom, pour la faire se pâmer d'aise.

Sous le masque elle a enfin retrouvé celui qu'elle aime et tel qu'elle l'aime. Elle n'a pas peur qu'il se laisse flotter sur un silence ou des mots vagues aussi faussement paisibles qu'endormants et dont les lames de fond risquaient de l'emporter jusqu'à Bruggle. Enfin accroché à une précision maintenant, il ne risque plus de se perdre. Si Cloupignon n'existait pas, il faudrait l'inventer, aussi, le bénit-elle, souvenir imperceptible à la surface, écueil du salut qui, d'un choc, a obligé Pierre à reprendre notion de son passé, de sa vérité.

Dès lors, tout ce qui servait à Diane d'argument contre Pierre devient preuve d'affection. Elle a été folle de prendre chaque parole au tragique, de chercher des intentions dans le moindre mot. Là où elle a souffert d'un prétendu besoin de narguer il n'y avait que franchise maladroite. Toutes les précisions inutiles qui ne lui furent point ménagées, dès lors lui semblent des coups de sonde, par quoi Pierre torturé dans sa passion pour le félin transatlantique et sa tendresse pour la jeune fille, a voulu éprouver un sentiment dont il était fort naturel qu'il désirât d'autant plus se rendre compte qu'il y tenait davantage.

Diane n'a jamais ignoré ni feint d'ignorer l'amour de Pierre pour Bruggle, mais cet amour, ce soir, lui apparaît si bizarre, si peu en rapport avec celui qu'elle veut croire Pierre, qu'elle le juge une maladie, donc susceptible de guérison. Et puis qu'importe. Pierre ne l'aime-t-il pas, n'insiste-t-il pas :

« Alors ton Cloupignon ? Je veux savoir.

— Tu veux savoir.

— Oui, je veux savoir à quoi m'en tenir.

— Tu veux savoir à quoi t'en tenir. »

Elle répète ses paroles comme une pauvresse tâte l'étoffe qu'on vient de lui donner pour se vêtir. Qu'il pense à lui demander des comptes, alors que lui-même est dans un moment sinon décisif, du moins difficile, n'y a-t-il point là de quoi la rassurer ? Doucement reconnaissante une voix promet :

« Je vais tout te dire Pierrot. »

En réponse une menace : « Tu vas tout me dire, c'est bien vrai, si tu mens...

— Puisque je te promets de tout te dire. Mais il ne faudra plus te moquer de Cloupignon, ce serait mal.

— Commenceras-tu ?

— Oui Pierre. D'abord, tu sais, chaque semaine le cousin Bricoulet vient supplier maman de vouloir bien devenir sa femme. Je crois qu'elle-même en grille d'envie, mais comme elle sait que je déteste Bricoulet...

— Pourquoi le détestes-tu. Je te ferai remarquer ma chère Diane, qu'avec tes airs généreux tu brises purement et simplement la vie de ta pauvre mère. Si tu avais un peu d'âme, tu mettrais sa main dans celle d'Honoré. Et en avant la fanfare. Je vois d'ici cette chère Herminie en chantilly, fourreau de satin noir, grand chapeau de velours tendu, paradis et voilette en rechantilly, souliers plus que vernis et deux œillets piqués dans un renard argenté. Au bras de Bricoulet elle monte l'escalier qui conduit à la salle des mariages de la mairie du XIVeme arrondissement. Le soir, les nouveaux mariés partent pour l'Italie. Oui, ma petite Diane, si tu avais le sens de ton devoir... »

Diane ne comprend pas pourquoi Pierre soudain se met à faire le bouffon. Elle ne sait s'il se moque de sa mère, de Bricoulet ou d'elle-même. Elle ne trouve rien à répondre, mais lui :

« Continue.

— Tu me dis de continuer et tu vas m'interrompre encore.

— Je ne t'interromps pas. Je te donne mon avis. Et tu as une famille si charmante. Divine en vérité. Pourquoi m'empêcherais-tu de savourer ses qualités, lorsque toi-même t'en réjouis la première. Comme le Cloupignon serait à son aise entre Herminie et Honoré, en face de cette chère Diadiane. Diane voilà un nom qui ferait sensation dans la ville natale de ton futur.

— Pierre, je t'en prie, d'abord Cloupignon n'est pas mon fiancé.

— Je suis bien tranquille. Tu te rappelles son premier dîner chez vous, ce dîner que tu m'as narré avec tant d'esprit.

— Pierre.

— Comme tu étais en verve, ce soir-là, mieux inspirée qu'aujourd'hui en tout cas. Rien qu'à t'entendre je voyais ta mère avec son bracelet en prétendus cheveux de l'impératrice Eugénie, son pendentif, un petit panier de diamants avec fleurs de rubis et saphirs retenu autour du cou par une chaîne de platine et qui brillait si richement sous la suspension, dont l'honnête dame, pour la circonstance, avait allumé toutes les lampes. Et tu te rappelles l'histoire de Cloupignon au dessert et son accent berrichon que tu imites si bien.

« Dans le petit rrrestaurrrant où je prrrends mes rrrepas la caissièrrre est tombée parrr une trrrape dans la cave. Que crrroyez-vous qu'elle s'est cassé ? Rrrien, mais elle s'est déchirrré quelque chose ? Devinez quoi ?

« — Sa robe, dit Bricoulet.

« — Non.

« — Son corsage, suppose Mme Blok.

« — Non.

« — Vous n'y êtes, ni l'un ni l'autre. La caissièrrre du petit rrrestaurrrant où je prrrends mes rrrepas en tombant parrr la trrrape dans la cave s'est déchirrré la rrrate. »

Pierre conclut : « Sacré Cloupignon. Tu seras la femme d'un brillant esprit. »

Diane ne sait quoi opposer à ces sarcasmes. Elle se sent lâche. Elle croit toujours à la jalousie de Pierre, et pour l'apaiser lui livrerait Cloupignon pieds et poings liés. En attendant afin de lui montrer le cas qu'elle en fait, elle sort de son sac une lettre, la tend à Pierre, explique.

« C'est une lettre de Cloupignon. Comme je lui ai fait comprendre que je n'avais pas le moindre désir de devenir sa femme, il a juré de me conquérir. Tous les deux jours il m'écrit. Ce soir j'ai reçu un petit tableau de sa vie sentimentale, avec forces accolades, traits à encre rouge, petits compartiments. »

Diane a parlé très vite. À nouveau, elle a peur. Elle n'ose regarder Pierre qui lui demande.

« Oui ou non épouses-tu ton Cloupignon ?

— Non.

— Tu as tort. Ce garçon sage, précis, raisonnable, voilà bien ton affaire.

— Pierre ne te moque pas de moi.

— Si tu n'avais pas au fond le désir d'épouser Cloupignon, tu n'encouragerais pas cette correspondance. Tu ne décachèterais même pas ses lettres mais, avoue, tu es toute fière qu'un ingénieur chimiste daigne t'envoyer le bilan de son cœur, avoue.

— Écoute, Pierre, ne plaisantons pas.

— Ne plaisantons pas. Tu es délicieuse. Qu'est-ce qui m'a raconté l'histoire de la caissière à la rate déchirée, qu'est-ce qui me montre maintenant le résumé confidentiel et calligraphié de la vie intérieure de notre cher Cloupignon ? Diane, la comédie a déjà trop longtemps duré. Tu n'as pas encore deviné que j'en ai assez ce soir de nos mensonges.

— Il n'y a pas de mensonges. Il ne faut pas nous accuser. Tu ne m'as jamais menti, Pierre, je sais tout de toi.

— Tu sais tout. Pauvre fille. Moi en tout cas, j'en sais assez. Avec moi tu te moques de Cloupignon, et quand je ne suis plus là avec lui tu dois rire de moi. Dis, qu'est-ce que tu lui racontes pour le faire rire ?

— Pierre je t'en supplie.

— Tu lui dis que j'aime Bruggle. Et lui doit être tout fier, cet Auvergnat de penser qu'il va épouser une femme qui a de si curieuses relations. Si tu veux l'amuser fais-lui remarquer que les initiales de Pierre Dumont le prédisposaient à ces sortes d'aventures.

— Pierre, je t'en prie, on nous écoute.

— On nous écoute. Tu me ravis. Pour trois garçons de café, et deux gros bonshommes à moitié soûls qui peuvent nous entendre, te refuser à une explication nécessaire !...

— Une explication nécessaire ? Depuis le début du dîner, tu as cherché par tous les moyens à faire naître une querelle. D'abord tu m'as torturée par ton silence.

— Je t'ai torturée par mon silence, comme tu parles bien.

— Pierre, tu te moques, parce que tu sais que tu as tort. Mais je veux oublier tes méchancetés. Tu es malheureux.

— Ce n'est pas vrai. Jamais je n'ai eu un tel bonheur. »

Diane baisse le front. Il lui prend les poignets et les serre jusqu'à ce que la tête de Diane relevée, et ses yeux dans les siens, il puisse lui lancer à nouveau, et cette fois en pleine figure. « Jamais je n'ai eu un tel bonheur. »

Diane, alors, serre les lèvres mais ne peut empêcher deux larmes de traverser lentement tout son visage.

Pierre ne voit pas les larmes, Pierre ne voit rien, n'entend rien. Il se lève, et Diane se lève, ils sont dehors l'un et l'autre, l'un à côté de l'autre, mais ne se touchant pas comme des somnambules parallèles qui poursuivent, chacun, sa marche fatale.

Pierre parle.

« Je sais que tôt ou tard tu épouseras Cloupignon ou quelqu'un de cette farine. Fini le romantisme. Je ne suis pas un surhomme, Diane, je ne suis qu'un pauvre gosse, un sale gosse peut-être, mais toi tu n'es pas une amazone. Si tu veux persévérer dans ton erreur, si tu continues à faire ta Sophie, comme disait ma nourrice, si tu optes pour la virginité, la peinture, tu réussiras tout juste à te rancir dans la chasteté, la mauvaise humeur. Jolie destinée. Je vois d'ici le petit salon de l'avenue d'Orléans où tu passeras tes soirées solitaires. Le temps viendra vite des cheveux poivre et sel coupés trop court et parce que déjà tu n'oseras plus te pencher sur ton miroir, tu remueras tes vieux souvenirs pour te forcer à croire que ta jeunesse ne fut point un leurre.

« N'empêche qu'un beau jour dans le train qui t'emmènera vers quelque Florence ou quelque Grenade, tu ne pourras t'empêcher d'envier le bonheur des jeunes mariés tes voisins, et, regrettant le Cloupignon devenu sénateur, tu jugeras enfin à leur juste prix les effets de lumière à Saint-Tropez, Pont-Aven, Barbizon, les talons plats, les lunettes façon écaille, et le mensonge d'un amour que tu te seras acharnée à faire semblant de poursuivre. Mais combien d'années vas-tu encore attendre pour t'avouer qu'au fond, Nietzsche, Kant, et la critique de la raison pure, la civilisation orientale, le problème des ombres et des volumes, la Pensée avec un grand P, l'Art avec un grand A, tu t'en fous.

« Écoute Diane je t'ai dit que j'en avais assez du mensonge. Depuis longtemps, chaque jour j'ai voulu te parler et chaque jour j'ai remis au lendemain. Je n'ai eu certaine franchise, au reste bien relative, qu'afin de mieux masquer l'essentiel. Je ne t'ai point caché mes gestes ou mon emploi du temps, mais j'ai toujours fait en sorte qu'ils n'aient pour toi aucune transparence et ne te laissent rien deviner de mon esprit. Que tu connaisses ma vie et moi la tienne voilà qui n'a point empêché nos pensées de demeurer, en fait, étrangères. Tu n'ignores pas que je couche avec Bruggle et moi je sais, en dépit de tes gaffes trop bien combinées, que tu n'as jamais couché avec personne, mais crois-tu que ce soit suffisant. Notre faiblesse a été de nous refuser à voir nos contradictions. Ainsi, longtemps, par lâcheté, pour apaiser mes scrupules, me suis-je contraint à te croire surhumaine, mais aussi grande était ma mauvaise foi quand j'ai cherché ce soir le moyen de te mépriser purement et simplement. Et toi, Diane, pourquoi me parer de grâces romantiques ? Tu as voulu t'abuser sur tes intentions elles-mêmes et maintenant encore aimerais mieux mourir que d'avouer que si tu as envoyé promener le Cloupignon, c'est qu'en vérité, tu espères devenir ma femme un jour. Tu te moques de la sûreté, de la paix de ton ingénieur chimiste, mais, au fond, pour moi, pour toi, tu n'as jamais souhaité rien d'autre.

« Or il est temps que tu comprennes qu'entre toi et moi jamais ne sera possible le vrai, le simple bonheur, et si un tel bonheur avait été possible, tu entends Diane, tu n'aurais rien connu de cette foi charitable dont tu t'enivres comme tous ceux qui savent que leur règne n'est pas de ce monde. Et moi-même, Diane, enfin aujourd'hui je m'en aperçois, je ne t'aurais pas souhaitée, je ne t'aurais pas supportée, si tu avais su me donner la paix que n'ont cessé pourtant de me promettre ta voix, la caresse de tes mains et toute ta tendresse.

« Plus tard peut-être, lorsque nos âmes se seront répandues hors de la chair qui les limite, plus tard, peut-être nous sera-t-il permis de nous confondre dans un bonheur définitif, mais, pour l'heure sur ce globe d'attente, avoue que tu es bien forcée de n'avoir que mépris pour ceux que satisfont des piètres joies sous la lampe, les pieds dans les pantoufles et voilà l'horrible contradiction, ces piètres joies, jamais pourtant, et même au plus fort de ton amour, tu n'as eu la force d'en souhaiter d'autres. Moi-même, Diane, moi-même, qui voudrais me soûler d'agonie, moi-même qui passe ma vie à me répéter que j'aime en Bruggle les seuls périls possibles, pour trente jours de tranquillité avec Bruggle, je donnerais mon âme. À noter d'ailleurs que je n'attendrais pas une semaine pour le juger insupportable s'il cessait d'être l'animal sauvage dont j'ai peur et que je tente par tous les moyens d'apprivoiser.

« Diane je te demande pardon non de ces paroles, mais d'avoir tant tardé à les prononcer. Je viens seulement de comprendre enfin que si tu tiens à moi c'est que tu sais que je ne suis pas pour toi. De cela, l'un et l'autre nous avons souffert, mais, si tout avait été facile entre nous, quels médiocres aurions-nous été. Hélas ! nous n'avons même pas le droit de tirer orgueil de nos souffrances, car si nous avons certaine notion de la grandeur c'est malgré nous, et, ni toi ni moi sans une fatalité que d'ailleurs nous n'avons cessé de maudire, ni toi ni moi n'aurions eu le courage de renoncer à nos médiocrités paisibles. Remercions donc Messieurs nos pères. Le tien de son suicide, le mien de sa folie. Et d'abord, nous avons pu voir leurs épouses, éberluées, chacune à sa façon, par un sort qu'elles jugeaient incongru. Elles n'en revenaient point, non plus que nous d'ailleurs. Nous, Diane, oui toi, moi, avouons notre bonheur d'avoir pu dramatiser. Je n'ai jamais été si content que le jour où je me suis aperçu que mon père n'avait plus sa raison. Toute mon enfance je m'étais si fort ennuyé. Alors, quelle surprise le soir où il s'est mis à injurier ma mère : “ Vertu choux Louisa, espèce de grenouille hypocrite, vous m'avez passé la syphilis dans l'oreille gauche. ” Ma mère l'a regardé sans comprendre mais lui qui s'était levé sans mot dire, et broyait les poignets de sa femme : “ Épouse assassine, putain noire vous m'en rendrez raison. ” Je tremblais de peur, mais enfin j'avais la joie de savoir, qu'en réserve, pour me distraire, j'aurais toujours quelque chose à quoi penser.

« Plus tard quand le thème “ folie paternelle ” commençait à perdre de son intérêt, j'ai été sauvé par des cauchemars où les seins des filles chez qui m'avaient mené mes camarades, toutes les sortes de seins, les piteux et les fiers, les ronds et les longs, les bruns robustes et les blancs de papier mâché, se détachaient des poitrines pour me torpiller.

« Au réveil, il était trop facile d'expliquer que l'humeur acariâtre de Mme Dumont-Dufour avait donné à son fils l'horreur des femmes de devoir ; la démence du colonel, celle des putains à qui ce héros, ce grand capitaine devait d'être dans un joli état sur la route des Ratapoilopolis. Et puis, Diane, je t'ai rencontrée, fraîche, intelligente et bonne, tout le contraire de ces maritornes qui me forçaient au désir sans avoir jamais raison de mon dégoût, et j'ai cru que je pourrais vraiment aimer une femme, toi. De toi j'aurais voulu avoir un fils, mais une nuit, d'un cauchemar, j'ai acquis la certitude que ce n'était point pour t'aimer en lui que je le rêvais trop beau. Dès lors, je n'ai cessé d'avoir peur et voici plusieurs mois déjà que, s'il m'était resté assez de santé pour être égoïste, je ne t'aurais plus vue, je me serais forcé à ne plus penser à toi.

« Souvent il est vrai, je me suis dit que Bruggle était la maladie et toi le remède. Or c'était pour constater que je ne voulais pas guérir.

« Si, spontanément, tu étais décidée à épouser Cloupignon, j'aurais été heureux de pouvoir te mépriser et de n'avoir rien à te dire de tout ceci qui te fait du mal. Pardon Diane, je te demande pardon. Mais peut-être ce soir encore, ma maladresse ne fut pas la franchise. Et si j'avais tout compliqué par peur d'une vérité trop simple ? Il y a un fait Diane. Depuis que je connais Bruggle, tout le reste du monde et toi-même m'êtes indifférents. J'aurais voulu vous tuer, vous détruire à coups de méchancetés. Qu'importent les remords. Il ne s'agit plus de mon bonheur. Et je n'ai plus la force, plus le droit peut-être même d'avoir des scrupules. Je te fais de la peine ? comment eût-il pu en être autrement. Dis-moi que tu préfères savoir à quoi t'en tenir, et cette volonté de franchise crue à une hésitation. Si tu savais comme j'ai été malheureux, tout à l'heure au restaurant, devant toi que je ne voyais pas, mais qui t'imposais à moi, par ta douleur, une nuit qui m'encerclait, et dont il était juste que je souffre puisque j'en étais le responsable. Tu m'as obsédé. Bruggle est la maladie, toi le remède, mais encore une fois, je ne veux pas guérir. Diane il faut me laisser. Je ne veux pas guérir, et toi que t'importe que je me sauve ou je me perde. Diane je n'en puis plus. J'ai peur. Je ne sais même pas comment j'ai pu avoir la force d'une telle franchise. Diane, rassure-moi. Je souffre Diane, jure-moi que tu ne m'aimes plus assez pour que je te sois odieux. Diane, dis, répète que peu t'importe que je me sauve ou je me perde. Diane, Diane, réponds... »

Diane ne répond pas, ils continuent leur marche de somnambules parallèles. Un brouillard les enveloppe, et dans ce coton froid le visage de la jeune fille est un fruit malade. Lui, parce qu'il a peur du silence, reprend.

« Si tu savais tout ce que fut pour moi la découverte de cet être qui, où qu'il aille, quoi qu'il fasse ou dise, toujours glisse entre les reproches, les remords, comme un poisson entre deux eaux. Il est le seul qui trouve sa justification en soi. Le seul, Diane. Étais-je digne d'un tel miracle. Tu te rappelles l'an dernier j'ai fait un voyage avec lui. Dans le wagon, les après-midi de pleine chaleur, tandis qu'il dormait, si pur dans son sommeil qu'il n'était pas humain, mais végétal, moi j'avais honte de mes mains chaudes, tristes de poussière. Le matin au réveil, je n'osais ouvrir les yeux, m'approcher de lui, de sa chaleur. Il était la seule créature, la seule réalité terrestre qui me décidât à vivre sans juger ma vie. Lorsque cette vie recommençait j'avais peur de ne plus reconnaître celui qui était sa raison. J'avais peur aussi qu'il ne me reconnût pas, qu'il ne voulût pas me reconnaître. D'autres fois, il y avait tant de soufre dans ses yeux que je pensais flamber s'il me regardait plus longtemps. Tu sais, flamber, flamber comme de la paille, d'un regard. Mais Diane peu à peu j'ai eu des remords. Remords de quoi ? Du mal que je te faisais, sans doute. Du mal qu'il me faudrait tôt ou tard te faire. Seul dans ma chambre, si je rêvais aux yeux d'Arthur, c'était pour voir en transparence les tiens qui me reprochaient de ne pas les aimer assez. Une nuit, j'ai eu si peur, que je me suis levé, habillé. J'ai couru chez lui. D'abord il a grogné, puis quand il m'a vu crispé d'effroi, il a eu pitié. Alors ce sont ses doigts, ses doigts, tu entends Diane, ses doigts à lui et non les tiens qui m'ont guéri. Tu vois qu'il peut faire tes miracles. Toi tu ne pourras jamais faire les siens. Et moi je ne puis rien, rien pour toi. Diane il ne faut donc plus nous voir.

— Il ne faut donc plus nous voir », répète un écho tout proche.

Et la jeune fille qui marche sans regarder entend une phrase hachée, des sanglots qui demandent pardon. Encore une fois elle aura pitié. Elle se retourne, elle voit Pierre immobile, à quelques pas en arrière, la tête dans les mains qui pleure.

Alors doucement : « Pierre il ne faut pas pleurer. »

Lui entre les dents : « Diane j'ai honte. »

Mais elle, comme un refrain de consolation : « Pierre il ne faut pas pleurer, il ne faut pas avoir honte. Pourquoi ces remords. Je n'ai rien à te reprocher. Je suis ta sœur aînée, tu le sais, rien qu'une sœur aînée.

— Rien qu'une sœur aînée. Diane je n'accepte pas ce mensonge par charité. Pourrais-tu me jurer...

— Pierre, il ne faut pas me demander de jurer.

— Tu vois, tu as encore pitié. Mais je ne veux plus de cette pitié maintenant que ses bonnes intentions sont devenues par trop transparentes. Diane, ta tendresse ne te console pas et elle ne peut rien que pour mon malheur.

— Ne parlons pas de ton malheur, tu as dit que tu étais ce soir le plus heureux des hommes. Bruggle t'attend, va chez Bruggle.

— J'irai chez Arthur, mais toi, Diane ?
— Moi, je rentrerai. Au revoir, Pierre.
— Au revoir, Diane. »

Deux mains se touchent, deux mains qui ne se sentent point, et plus froides que mains de mort. Une jeune fille s'éloigne raide, va disparaître dans le brouillard. Un jeune garçon la rappelle d'un cri, la jeune fille s'arrête, se retourne, va revenir mais lui, qui a crié sans se rendre compte, lui exaspéré de cet élan se met à courir, à fuir. N'a-t-il voulu qu'elle ne se retournât, qu'afin de mieux lui signifier sa volonté de rupture. La jeune fille en un instant a perdu jusqu'à ce courage extérieur qui soutenait son corps. Elle a mal sans savoir où. Ses pieds se traînent.

IV
La nuit, le froid, la liberté, la mort

Très vite le brouillard suffoque Pierre et puis (Bruggle le lui a répété cent fois) il ne sait pas respirer et les éléments eussent-ils été propices à la course à pied, après cent mètres de pas gymnastique, il se serait tout aussi bel et bien arrêté. Tandis qu'il reprend son souffle, il inspecte de tous côtés, comme s'il craignait une poursuite. Il ne voit rien, il ne voit personne. Il se sent seul, il se sent libre et bientôt même rit de ses craintes. Diane. Comment s'acharnerait-elle jusqu'à oser galoper après un jeune homme dans les rues de Paris, à dix heures du soir. Au reste, maintenant, elle doit enfin savoir à quoi s'en tenir.

Parce que dès l'enfance, l'humeur martiale du colonel et le genre belliqueux de Mme Dumont-Dufour ont valu à Pierre de voir autant de luttes dans les commerces d'amour ou d'amitié, maintenant qu'il a réussi à plaquer Diane qu'il avait pourtant appelée à lui, il s'estime vainqueur, et juge parfaits dans leur simplicité, ses moyens. Il est fier comme un metteur en scène d'un bout de ruban bien disposé sur fond noir et qui suffit à représenter un arbre, une maison, une montagne, un paysage. Ce dîner avec Diane, il est bien en vérité, comme il supposait tout à l'heure, un pont de Mme Dumont-Dufour à Bruggle, des scrupules tièdes aux joies crues.

Il a choisi, et il se félicite d'avoir enfin choisi, bien choisi. Mme Dumont-Dufour, Diane, Bruggle, trois sommets d'un triangle et Pierre qui s'usait d'aller de l'un à l'autre. Maintenant, encerclé en Bruggle, il oubliera les errements dont chaque jour il pâlissait davantage. Une glace salie de buée ce soir encore accuse un visage verdâtre, des joues creuses. Puisque dorénavant ce doit être la santé, que l'apparence en soit dès aujourd'hui. Il ne faut plus que son trop cher Arthur puisse jamais lui lancer quelque : « Tu as l'air malsain », dont il souffrait tant. Arrêté sous un bec de gaz, il se pince la figure, se gifle, jusqu'à ce qu'un peu de rose colore ses joues, puis, quand le miroir d'abord pessimiste de la boutique lui envoie une image un peu moins consternante, pour tuer définitivement l'inquiétude, trois verres de marc au comptoir du premier bistrot venu. Enfin il hèle un taxi, et c'est, très vite, la maison de Bruggle.

Dès le rez-de-chaussée, les bribes d'un air de java lui rappellent les nuits des faubourgs, les lettres en bouquets de lumière au-dessus des portes, les enseignes d'hôtel qui s'éteignent et se rallument (font de l'œil, dit M. Arthur), et les nuques rasées, les foulards rouges, les bottines à tige de drap trop clair dont ne manque jamais de s'émouvoir le même Arthur, regard liquide, paupières plus habiles à frémir que des ailes, narines ouvertes à deux battants pour mieux se soûler d'une odeur d'humidité chaude, de cerise à l'eau-de-vie et de chair jeune et facile.

Pierre monte à pas lents les cinq étages, son cœur bat très fort, car déjà il imagine Bruggle parmi ce qu'il appelle avec un sourire qui n'est pas de simple ironie, ses splendeurs. Le studio est éclairé par des lanternes vénitiennes, tout un mur garni de bouteilles qui, en réplique au Steinway, un piano mécanique, par quoi ont été remplacés le gramophone et les disques. Ainsi M. Arthur a créé une atmosphère, la même que celle des endroits où se réunissent les petits boxeurs, marlous, putains, truqueurs, à ses yeux tout neufs, curiosités d'un usage plus intimement voluptueux, mais curiosités et au même titre que les statues nègres, la psychanalyse, l'île Saint-Louis.

Pierre n'a jamais osé reprocher à Bruggle ce qu'il appellerait volontiers les jours de mauvaise humeur, un snobisme. Ce soir il ne voit rien que d'attendrissant dans cette manie et même il sourit au souvenir d'un dîner qui lui parut interminable entre Arthur et un jeune voyou, un grand artiste, lui avait-il été annoncé, un grand artiste et qui jouait de l'accordéon comme pas un.

Ce virtuose de la Villette faisait alors son service militaire dans la marine, grâce à quoi, il pouvait, au mieux de ses chances, tirer parti d'une peau assez fraîche pour affoler tous ceux que congestionne la vue d'un béret à pompon rouge. Sa vigueur naturelle, au reste, le défendait fort bien des fatigues ou scrupules qui eussent pu gâter les profits que sa jeunesse, l'art du clin d'œil et l'encourageante facilité à partager promptement les désirs que sa personne avait commencé d'inspirer, lui permettaient d'ajouter aux cinq sous quotidiens. Comme l'uniforme, en aidant les jeunes garçons au libre commerce de leurs charmes, leur confère un anonymat, dont l'hypocrite dignité, lors d'une permission de ce jeune poisse, décida M. Arthur qui aimait à éblouir, à l'emmener dîner dans un grand restaurant que, jusqu'à ce jour, les pantalons à jambes d'éléphant, les foulards de jersey de soie trop violemment fleuris et les chemises roses et les chaussures à empeignes savantes lui avaient interdit, désorienté par l'éclat des lumières, la dignité des maîtres d'hôtel, le petit matelot qui ne savait comment poser sur la nappe blanche, ses bonnes grosses pattes d'accordéoniste, ni quel usage faire de certaine déconcertante fourchette, afin de ne point paraître sot ou dépaysé entre Bruggle et Pierre qui se servaient si courageusement du couvert à poisson, dès qu'une femme entrait ou qu'on apportait un plat, de constater, avec ce dédain en quoi les âmes innocentes et simples vont chercher le signe de l'aisance, de la liberté. « Y a mieux mais c'est plus cher », et, chaque fois, M. Arthur de reprendre en écho, avec un rire que sa bonne humeur amplifiait : « Quand c'est mieux, que ça coûte plus cher. »

Après le dîner, promenades à la foire, où, Pierre n'ayant pas voulu entrer dans la baraque du musée Dupuytren, on en avait profité pour le semer. Comme toujours, il se refusa spontanément à croire en quelque mauvaise inspiration de la part de son fuyant ami, chez lequel il se rendit, persuadé qu'il y était attendu. La porte de l'appartement était, non fermée mais simplement poussée, et, dans cette négligence, il vit une intention à son égard, jusqu'au moment où, au seuil de la chambre de Bruggle, il vit M. Arthur qui dansait, le béret du marin sur sa tête, tandis que ce dernier, un verre à la main, tout au souvenir d'un bar sur le quai Cronstadt, au seuil de l'eau, sentimental, se rappelait un refrain :

Lorsque ta chair frôle ma chair.

Et M. Arthur, comme s'il avait décidé de ne rien dire ou chanter que n'eût dit ou chanté l'accordéoniste pour continuer son charleston solitaire, s'accompagnait de la romance qu'un gigolo parisien, dans un soir toulonnais si doucement louche, avait apprise.

Quand Bruggle a fini, seulement alors il s'aperçoit de la présence de Pierre.

« Tiens Pierre, que signifie.

— Rien.

— Tu veux quelque chose ?

— Non.

— Assieds-toi.

— Non.

— Ne fais pas ton tête. Si tu n'êtes pas content, foutes ton camp. Je suis chez moi, ici. J'ai droit à mon liberté. J'aime qu'on le respecte.

— Tu parles de ta liberté, tu devrais dire ton égoïsme.

— Oh ! assez. »

Et Pierre de s'étrangler avec des mots, de se perdre dans ses phrases, et, n'y voyant plus, mordre, battre, injurier, tant et si bien que le joueur d'accordéon prend ses cliques et ses claques.

De ce jour, Pierre eût envoyé au diable tous les petits boxeurs chers à Bruggle, bien que ailleurs il fût plus et mieux estimé pour avoir, par calcul, au reste, tout conscient, de coquetterie, cité l'opinion du poids lourd, son bénévole professeur d'éducation physique : « Ce n'est point parce que tu es ma chanterelle, qu'il faut te croire mal foutu. »

Mais ce soir, parvenu enfin au palier de Bruggle, à quelques secondes, à quelques mètres de l'être aimé, il ne veut pas qu'un vulgaire piano mécanique le condamne à l'inquiétude. Il ne se rappelle plus rien de son animosité chronique contre sa mère, il a oublié combien auprès de Diane il a pu s'ennuyer. S'il s'est fâché avec sa mère, s'il a fui Diane, il veut croire que c'est pour une créature qui méritait bien que toutes les autres lui fussent sacrifiées. Son amour, comme une vitre teintée, par transparence a changé la couleur de toute sa vie, de ses plus grandes pensées aux détails les plus menus. Or pour que cet amour ne soit pas un triste mica, il doit se persuader que, logiquement, un peu plus il dirait mathématiquement, il a droit à sa récompense. Aussi, s'attend-il que, dès le seuil, Bruggle d'un mot, ou d'un geste lui prouve qu'il n'a pas eu tort de le préférer à tous les autres.

La main de Pierre sur la porte, ses doigts frappent, moins qu'ils ne tremblent. Et non de crainte, mais de bonheur.

Dans le studio une dizaine de couples dansent. Le maître de maison fait des *cocktails*, la comtesse roumano-scandinave essaie de sautiller une java pâmée entre les bras d'un petit voyou. Une Américaine explique très fort, que son appartement n'a que deux chambres, mais que, aux murs de l'une d'elles sont piquées toutes ses boucles d'oreilles. Elle prend Pierre à témoin, et Pierre qui n'a pas encore dit bonjour à Bruggle doit décrire les rangées ininterrompues de perles de Venise, boules, anneaux, losanges, petits animaux d'or et d'argent, gouttes de cristal, qu'une belle collectionneuse transatlantique plante tour à tour dans le plâtre et ses lobes.

Se taise le piano mécanique, Pierre en profite pour s'échapper et s'approcher de Bruggle, mais tout de suite les voilà rejoints par la Roumano-Scandinave qui vante son danseur : « Il s'appelle Totor, il a dix-neuf ans, une vraie splendeur et un poète aussi. D'ailleurs poète et voyou c'est la même chose. Tous les vrais artistes sont des poètes. Tous les vrais poètes sont des voyous, Arthur Bruggle mon cher, vous êtes un grand musicien, mais si vous n'aviez pas un joli cœur de crapule... »

« *What is* crapule », interroge Bruggle.

La Roumano-Scandinave de sourire : « Oh ! mon cher, une crapule, une jolie crapule comme vous, c'est une putain au cœur de rose. Une rose en papier rose, or, vert clair. N'est-ce pas, Pierre, vous qui le connaissez bien, avouez qu'Arthur est une putain au cœur de rose. »

Pierre pique un fard et dit « oui » de la tête.

M. Arthur est près d'avoir ce qu'il appelle une stupeur. M. Arthur fait une mine. Au fond, il ne sait s'il doit se fâcher ou rire : « Mon dompteuse est bien rude », dit-il souvent. Et le fait est, que cette trépidante quinquagénaire a beau macérer dans les onguents le lait de concombre, elle n'est guère perméable à leur onction. Faire et défaire des renommées, avoir des gestes et un langage de fille à soldats, tirer sur son Abdulah, comme un vieux dur à cuire sur sa bouffarde, voilà en somme les meilleures de ses préférences. Or tandis que Pierre prétend que si elle se confinait dans son snobisme, si elle n'avait certain « côté pierreuse », elle serait tout à fait insupportable, M. Arthur, lui, déclare au contraire que « son mauvaise façon volontaire est idiote et va ruiner son réputation, ou tout au moins risque de lui faire manquer son opportunité ». Et il explique à ce propos qu'il veut bien devenir un « jeune homme doré », mais tient surtout à être un grand musicien. La Roumano-Scandinave se pouffe au milieu de toute la fumée de sa cigarette et taquine Bruggle, jusqu'au moment où, inquiète de saisir sur son visage des reflets de sauvagerie, elle calme sa rage par un : « Mon cher, vous êtes le Brummel des bals musettes », ou quelque boniment de cette farine.

M. Arthur a encore peur qu'on se rie de lui :

« Vous me moquez.

— Non mon cher. »

Alors, sans crainte, il savoure le compliment : « Brummel des bals musettes. Vous croyez vraiment que les petits poisses font attention à moi, qu'ils me trouvent élégant.

— Ils vous adorent, mon cher. »

M. Arthur est ravi. Brummel des bals musettes. M. Arthur a ses succès. Il ne lui déplaît pas qu'on s'en rende compte, mais il n'aime pas qu'on le qualifie de « putain au cœur de rose », ne serait-ce que pour l'obliger à constater que s'il a ses succès, il les a bien cherchés. Que son dompteuse soit rude, passe encore mais que Pierre souscrive à ses propositions désobligeantes, voilà bien de quoi l'exciter à la colère. D'où ces sourcils froncés et un « non-sens » entre les dents. Pour oublier cette réprobation, Pierre, d'un trait, avale son *cocktail* tandis que la Roumano-Scandinave reprend :

« N'est-ce pas qu'il est magnifique mon danseur. Nous l'avons déniché Bruggle et moi dans un bal de la porte des Lilas. Pas un bal musette au chiqué. Un vrai et qui s'appelle, devinez comment : *Au lapin vengeur*. N'est-ce pas un joli nom ? C'est là que viennent guincher les chiffonniers pédérastes. Les chiffonniers pédérastes, inouï, hein. Totor est chiffonnier, regardez comme il est élégant. À la Cour de Danemarck, il n'y a pas un danseur qui lui vienne à la cheville. Totor a un ami de cœur, un aminche comme il dit. Si vous les voyiez danser, lui et son aminche – j'adore ce mot – Armand, surnommé l'Éventré, parce qu'il a reçu un coup de couteau près du nombril. Armand, c'est le petit trapu qui est près du Steinway avec Lucas. Dites, Arthur cher, Totor et Armand l'Éventré pourraient bien nous faire un petit numéro. Leur valse, formidable. Je les ferai engager par le directeur des ballets. C'est mieux que Nijinsky. Moins littéraire, surtout.

« Et dire que ce satané Lucas, qui ne peut jamais être du même avis que personne, raconte tout ce qui lui passe par la tête, pour nous dégoûter de nos amis du *Lapin vengeur*. Mais serait-il donc revenu à de plus équitables sentiments, qu'il ne quitte pas l'aminche de Totor. »

Et, à travers le studio, d'interpeller le dénommé Lucas, qu'elle avait jusqu'à ce jour haï, car, jamais, il n'avait encore eu l'obéissance de changer de snobisme avec les saisons, ni de partager, selon le goût du jour, l'enthousiasme de ses contemporains pour les fumeries d'opium, les *oxford trousers* juponnés trop larges, les bals musettes, prétendument mal famés.

« Eh ! Lucas, n'accaparez point Armand l'Éventré. D'ailleurs, vous n'y avez point droit, puisque vous faites profession d'aimer les femmes. *Dear* Arthur, remontez votre piano mécanique et en avant. »

Les invités de Bruggle ont fait le cercle. Un accord cinglant. Armand et Totor ont commencé leur danse.

M. Arthur juge tout commentaire superflu. Il fait un « chut » et plus aucun bruit ne voile les décharges du piano mécanique. Soûls de succès, Totor et Armand l'Éventré, collés l'un à l'autre, tournent, tournent. Ils sont roulés par un invisible courant, le suivent dans ses moindres caprices, et, tout à coup se reprenant, couple uni contre les éléments, les créatures et la musique, ce filet qui risque de se faire piège, ils se redressent, piétinent les tentations folles, et, dans une marche, dont chaque pas pourrait se compter par des menaces, semblent passer une revue de leurs invisibles mais sûrs alliés. La Roumano-Scandinave aspire de tout son nez, de toute sa poitrine comme un belluaire qui ne veut rien perdre de l'odeur de ses fauves. Bruggle, de temps à autre, ferme les yeux, pour avoir la surprise de retrouver les danseurs, juchés au sommet périlleux de la phrase musicale. Pierre est blanc, il écoute son voisin Lucas qui chuchote : « Ils me font rire avec leur adoration des voyous. Vous avez entendu notre Roumano-Scandinave nous déclarer qu'Armand avait été surnommé l'Éventré, parce qu'il avait reçu un coup de couteau aux environs du nombril. Détrompez-vous, ledit Armand, tout à l'heure m'a avoué lui-même qu'on l'appelait l'Éventré, parce qu'il avait été opéré de l'appendicite, que sa plaie s'était mal refermée et qu'il avait, de ce fait, une très grande cicatrice. Je ne comprends rien à leur goût des faubourgs et des boîtes de tantes de cinquantième ordre.

— Je sais, je sais », répond Pierre qui vient de saisir un regard d'Arthur à Totor.

Il sait...

Arthur et Totor, le jeune étranger, l'apache de Paris, comme la dentelle de Valenciennes, les bêtises de Cambrai, les madeleines de Commercy. Au *Lapin, vengeur*, bal des chiffonniers pédérastes. Il ricane. Cette Roumano-Scandinave qui roulerait le diable, est parfois d'une de ces naïvetés ! Totor, et, comme elle dit, son aminche, Armand l'Éventré dansent, putains à ressort, poupées de chair fraîche que les invités de Bruggle aimeraient à croire dangereux. Arthur regarde Totor.

Pierre enrage de voir Arthur contempler Totor avec

l'admiration qu'il voue aux quattrocentistes, à la musique de Bach, et à la métaphysique confortable. Le monde pour Arthur, ne serait-il qu'un jeu esthétique ? En tout cas, il n'a jamais été aussi attentif aux gestes de Pierre qu'à ceux de ce voyou. Mais au moment même où la jalousie serre sa gorge, Pierre se force à sourire, car pense-t-il, étant donné qu'à un être il sacrifierait le reste du monde, pardonnerait les plus grands crimes, il serait fou de lui en vouloir, de s'irriter, de souffrir d'un regard. Pour être fort, il se donne des raisons : Arthur fait de l'œil à Totor, qu'il prenne donc ce Totor et s'en serve comme il lui plaira. Tout geste, toute pensée consacrés à cette poupée poisse ne présentent en vérité, rien de plus grave que le fait pour un enfant de mettre son pantin à côté de soi sur son oreiller, Arthur, Totor, les noms du musicien transatlantique et du jeune truqueur sont des talismans contre la colère. Ils rappellent à Pierre les bonshommes en bouts d'allumettes qui peuplaient les illustrés du jeudi, au temps des ballons rouges. Ce piano mécanique, ces valseurs et ceux que la Roumano-Scandinave a réunis autour de leur danse, tout cela, considéré par M. Arthur avec tant de sérieux, de passion presque, a-t-il en vérité, d'autre intérêt que d'une naïveté puérile.

De cette naïveté, Pierre s'attendrit et d'autant mieux que Bruggle souvent, en matière de reproche quasi paternel, déclare à Pierre : « Tu es si infantile. »

Et certes, Pierre maladroit avec les objets et les faits, trop orgueilleusement candide pour vouloir tirer parti des êtres, parfois, n'est guère loin de croire que ses craintes particulières et même l'angoisse générale que volontiers il qualifierait de métaphysique, ne valent humainement ni plus ni moins que la peur de se perdre au bois de Boulogne ou au Luxembourg quand il avait trois ans.

Pour M. Arthur qui voit, entend et respire comme il sied qu'on voie, entende et respire, et de ce fait, n'a jamais mis en doute le témoignage des trop fidèles serviteurs : ses sens, les spectacles, les sons et l'air s'affirment chacun, comme une vérité particulière, dont il ne saurait douter et que, en toute honnêteté, avec une intuition parfaite, il essaie d'utiliser pour son plus grand confort. Ainsi grâce à ce qu'il appelle « son notion des réalités » il ne perd jamais une occasion. Or cet art d'accommoder à son profit choses et gens est signe d'une innocence à laquelle Pierre sait qu'il ne pourra parvenir. Bruggle sera toujours à son aise dans un monde où il découvre des égalités cocasses, et Pierre s'attendrit d'avoir été comparé à tel autre garçon comme le piano mécanique du studio, à celui de certain bal musette.

Si Arthur a choisi une table d'un modèle déterminé pour sa chambre, c'est que, croit-il, une table de ce modèle est en soi supérieure à toutes les autres. Pas une minute, il ne sera tenté de soupçonner que l'objet de ses préférences n'a de valeur que par le goût qu'il en a. De même, et bien qu'il soit des plus capricieux, il justifie ses désirs, colères, tendresse par le sentiment d'une obéissance à quelque hiérarchie, couleur d'image d'Épinal.

D'où un système de parallèles, de plans.

À Pierre, il ne cesse de proposer des exemples. Et le besoin même qu'il a de le comparer à quelque autre, prouve que, malgré tout un jeu de cruautés, il a pour lui de la tendresse, de l'admiration peut-être.

D'autre part, Pierre, en dépit de sa soumission quotidienne, se reconnaît des devoirs, dont il juge Bruggle exempt. Il accepte la responsabilité des êtres qu'il continue, tandis que l'autre au contraire n'est engagé par aucun héritage. C'est que les enfants des vieux pays, si, parfois il leur arrive de devenir libres, innocents, jamais, ne naissent ni libres ni innocents.

Donc, tandis que Pierre ne peut rien contre certaine surprise anxieuse, Bruggle au contraire, si indomptable demeure-t-il, saura toujours arrêter les poussées de malheur, par les arguments de la plus élémentaire raison. Qu'il ait constaté que son intérêt est de se laisser convaincre, et comme celle des objets et des faits, il savourera la sécurité de telle théorie scientifique. Nul fantôme mystique ne viendra l'effrayer. Ses nuits peut-être seront hantées, mais ses peurs demeurées sans écho, jamais ne le prolongeront dans le passé, dans l'avenir. Petit sauvage et d'autant plus sauvage qu'il se satisfait d'une hypothèse, comme une négresse d'un collier de verroteries, à Pierre qui lui parlera de craintes qui dépassent les mots, les choses, les êtres présents, il répondra qu'il n'y a pas lieu de se faire de la bile, qu'un homme qui a son contrôle ne tombe pas dans les pièges d'un si vague romantisme. Son meilleur argument ? L'homme descend du singe, et pour parler du darwinisme, et d'un procès intenté récemment par les réactionnaires à un jeune professeur des États-Unis, partisan convaincu de l'Évolution, il se montrera si pleinement sûr de soi que les sympathies de Pierre iront à ceux qui croient la femme sortie d'une côte de l'homme et prennent à la lettre toutes les métaphores bibliques. Or dès qu'il parle des mystères de l'esprit ce transatlantique en qui pourtant, sous la cuirasse de logique facile et d'esthétisme, il faut bien reconnaître les plus attachantes contradictions, croit répondre par des arguments péremptoires s'il décrit l'existence des amibes et la marche des astres, et il ne voudra point entendre Pierre qui déclare qu'en vérité, la seule peur de l'inconnu lui fait servir toutes chaudes les théories scientifiques, pour reculer dans le passé un mystère que les Anciens par exemple croyaient éclaircir, en disant que la terre était sur un éléphant, l'éléphant sur un chameau, le chameau sur une tortue... et ainsi de suite.

... Non-sens, déclare M. Arthur qui pour un peu se mettrait en colère. Pierre qui l'a écouté avec l'attendrissement d'une mère, lorsque l'enfant récite sa fable ou son histoire sainte, Pierre qui ne lui en veut plus de le juger « si infantile » sourit à M. Arthur qui voit dans cet élan, une soumission, des torts ou une insuffisance reconnus. Ainsi tandis que Bruggle, plus que jamais estime Pierre « si infantile », Pierre de son côté, pense qu'il doit être indulgent pour Bruggle qui est sans doute un grand musicien, mais a conservé sa candeur, l'émouvante puérilité des nègres. Le malheur est que Pierre a beau se répéter que Bruggle en tout gardera l'innocence du nouveau-né, il ne peut s'empêcher de souffrir des actes ou des paroles par quoi s'exprime cette innocence dont le visage parfois risquerait fort d'être confondu avec celui de la dureté, voire même du sadisme.

Au reste, Pierre qui, en Bruggle, à tout le reste préfère la jeunesse, n'ignore pas que cette jeunesse est moins une grâce animale, ou un gros rire, ou le besoin de remuer bras et jambes que cet égoïsme tout rose qui l'empêche de prendre conscience d'un tort, d'une brutalité. Ainsi M. Arthur, au moment même où il fera preuve de la plus inutile rudesse, sera convaincu de sa grande douceur, ou bien sentira croître sa force, s'il exagère une indifférence ou un mépris gratuit, et sans jamais avoir la moindre notion du paradoxe, se réjouira et se réjouira gravement d'être appelé « le Brummel des bals musettes », car ce n'est pas rien pour lui que de régner sur le petit monde des boxeurs ou des chiffonniers pédérastes de la porte des Lilas. De même chaque fois que Pierre l'appelle M. Arthur, il prend « un nouveau conscience de son dignité » et de ce « nouveau conscience de son dignité » Pierre ne se laisse toucher que pour mieux souffrir, dirait-on, du regard, de la parole ou du geste par quoi il se manifeste. En outre, M. Arthur qui déclare à tout propos : « Je sais donner mes leçons » ne craindra point de réprimander Pierre en public, de lui faire subir certains affronts devant des tiers, et particulièrement de lui reprocher un manque d'égards pour les habitués des bouis-bouis des faubourgs, où d'ailleurs il ne le traîne que parce qu'il n'est point assez sûr de soi, de son français, pour s'y aventurer seul. Chez lui surtout, il tient à ce que de la condescendance, voire du respect soient témoignés à ses invités de la porte des Lilas dont il estime d'autant plus les nuques rases, les foulards rouges, la grâce à valser et l'argot que la Roumano-Scandinave, pour qui au fond il a un grand respect, déclare ses jeunes boxeurs invertis, des artistes, des danseurs géniaux, des poètes supérieurs même à Nijinsky qu'elle estime cependant l'homme le plus divin de tous les pays, de tous les temps.

Ainsi Bruggle et « son dompteuse », parce qu'ils ont convié quelques snobs à voir deux jeunes voyous se trémousser au son du piano mécanique, se prennent pour des prophètes, et la danse finie, tandis que M. Arthur explose d'admiration, la Roumano-Scandinave rythme de ses bravos un « admirable mon cher ». Totor et Armand l'Éventré saluent, ils ont chaud et Bruggle tire de sa poche un mouchoir magnifique un cadeau de Pierre – pour essuyer le front de Totor, puis comme Totor fait mine de lui rendre :

« Garde-le. »

Pierre pâlit. Arthur bientôt s'apercevra qu'il boit seul dans un coin, les yeux trop brillants. Il l'interpellera : « Allô ! Pierre, tu t'ennuies.

— Non Arthur.

— Pourquoi alors fais-tu cette mine. C'est à croire que tu vas avoir une stupeur. Allons danse un peu.

— Oui Arthur.

— Ce n'est pas bien convenant de se soûler comme ça, seul dans un coin. Et puis, tu aurais bien pu donner les félicitations à Totor et à Armand de leur danse. Ce n'était pas magnifique ?

— Si Arthur.

— Alors, pourquoi ne leur as-tu pas dit. Je n'aime pas de telles manières. Les jeunes gens de la porte des

Lilas ont plus de tact, de délicatesse que ceux de la société. Va leur porter tes compliments et demande à Totor s'il veut bien que tu lui fasses son portrait.

— Je n'ai pas le temps en ce moment de faire le portrait de ton Totor.

— Mon Totor ? Écoute Pierre ne soyez pas jaloux. Ne faites pas ton manière.

— Je t'en prie, Arthur.

— Si tu es triste, si tu es fatigué, tu peux partir, mais ne gâche pas mon soirée.

— Je ne gâche pas ton soirée.

— C'est toi qui le dites. Moi, je sais que tu vas la ruiner. Tu ferais mieux de t'en aller.

— Tu veux que je m'en aille pour rester avec Totor.

— Ça ne te regarde pas. J'ai droit à mon liberté.

— Ta liberté c'est de l'égoïsme.

— Foutes-moi la paix.

— C'est toi qui as commencé. Je ne disais rien.

— Tu ne disais rien mais tu avais ton silence insolent. J'aime qu'on soit poli avec mes amis.

— Tes amis, Totor et Armand, tu ne sais même pas d'où ils sortent.

— Je les ai rencontrés dans un bal de la porte des Lilas : *Au Lapin vengeur* », riposte Bruggle du ton dont il dirait « Je les ai vus pour la première fois à une soirée chez la duchesse de X ou la princesse Y ». Pierre ne répond pas. Arthur reprend : « Allons, va leur faire tes compliments.

— Non.

— Tu n'es pas poli. Tu n'as pas de tact.

— Tu en as sans doute beaucoup, toi, qui offres au premier truqueur venu un mouchoir que je t'ai offert. »

Arthur, tout à coup, a son mauvais visage, celui des jours où il sent qu'il a tort, ne veut pas en convenir et ne sait comment faire pour que son charme agisse et ait raison. C'est alors que toujours il parle de ses droits, se déclare un grand artiste, se vante à la fois d'être un sauvage et un gentleman et hausse le ton pour en imposer par quelque « Non-sens » ou « Assez ».

La Roumano-Scandinave qui flaire une dispute s'approche.

« Ça ne marche pas les amours. »

Bruggle explique, à sa manière : « Pierre n'a pas un gentil caractère. Il essaie de ruiner mon soirée. Il ne sait pas se conduire dans le monde. Il n'a même pas félicité les danseurs, et il ne veut pas faire le portrait de Totor. »

La dompteuse veut amadouer Pierre :

« Faites donc le portrait de Totor mon cher, je vous l'achèterai.

— Je ne ferai pas le portrait de Totor.

— Pourquoi ?

— Parce que je le déteste.

— Il déteste Totor. Un si aimable garçon.

— Je vous en prie, laissez-moi la paix.

— Pierre, tu ne connais rien de ton opportunité. Je t'ai fait vendre une toile. Je m'occupe de toi. Tu es sans un sou et tu ne veux pas faire le portrait de Totor et tu dis tes insolences. »

La Roumano-Scandinave essaie encore des ressources de son roucoulement.

« Écoutez mon cher, ces petits sont charmants. »

Alors, à voix basse, avec la plus fausse douceur : « Laissez-moi vous présenter Armand l'Éventré. C'est une affaire. Arthur va passer la nuit avec Totor. Vous, pour vous distraire, gardez Armand. »

Les lèvres de Pierre sont serrées.

On lui demande : « Alors, ça va ? »

Il s'obstine à ne pas répondre.

On le laisse seul. Arthur remonte son piano, et se met à danser avec Totor. La danse d'Arthur et de Totor. Arthur, Totor ces noms ne sont plus des talismans contre la colère. Arthur, Totor, enlacés, qui tournent, vont chavirer, tomber sur n'importe quel siège collés l'un à l'autre dans une extase devant Pierre qui cherche encore au fond de quoi noyer sa jalousie. Arthur, Totor, ils ne sont plus les petits bonshommes en bouts d'allumettes des illustrés du jeudi, au temps des ballons rouges. C'est Totor qui fait le cavalier. Arthur qui a quitté son smoking, son gilet, va, la poitrine collée à celle du jeune voyou. Deux visages sont l'un contre l'autre, des jambes se mêlent. Le couple effleure Pierre qui entend : « *Nice pimp*, gentil, gentil petite poisse. » Pierre sent des coups très forts à gauche contre ses côtes, il a dû prendre trop de fine. C'est mauvais pour le cœur. Les doigts d'Arthur se joignent sur une nuque rasée et les mains du petit voyou se réjouissent d'une peau que Pierre devine trop bien sous la chemise de soie. Il a beau se verser un plein verre de gin, et le boire d'un coup, les yeux fermés, quand les paupières se relèvent, le spectacle n'a pas changé. Les désirs, tout simplement, s'affirment davantage. Encouragé par la Roumano-Scandinave M. Arthur a laissé glisser sa chemise autour des reins, et à même son torse nu, se sont plantées les dents d'un danseur qui se soûle le nez aplati sur une viande fraîche, bandeau le plus doux à ses yeux et qui lui donne l'audace de ne rien cacher de son désir et de continuer des pas qui ne permettent à personne d'en douter.

Lorsque le piano mécanique s'arrête, c'est à se demander comment on va séparer les danseurs. On fait cercle autour de leur couple immobile et toujours uni. Les dents de Totor ne veulent pas quitter une proie dont Pierre sait l'odeur exacte. M. Arthur, les yeux illimités, soupire. L'obstination amoureuse du petit chiffonnier le flatte, et tandis que ses jambes serrent, à les casser, d'autres jambes, sa poitrine s'offre, victime heureuse à des ongles. Les invités ne perdent rien du spectacle. La Roumano-Scandinave ne se connaît plus d'enthousiasme. Elle sacre Armand l'Éventré arbitre des élégances, et pâmée : « Est-ce beau mon cher ?

vous pouvez être fier de votre Totor, une véritable petite merveille. » L'Américaine aux boucles d'oreilles rit très fort, envoie de grandes claques amicales aux deux garçons, les encourage comme s'il s'agissait d'un jeu : « Allô, *boys* », tandis que Lucas, épaules hautes, écrase des mots d'impatience, Pierre seul à boire dans son coin, est heureux de sentir que Lucas ne partage ni la joie ni la curiosité des autres. Tristement, il se détache de tout, de tous. Cette journée décidément est celle des liquidations : Mme Dumont-Dufour, Diane, la haine, l'amitié, maintenant, Bruggle, l'amour. Encore quelques gouttes d'alcool et ce sera l'absolu dans l'indifférence. Donc, la Liberté. Sans doute aussi l'ennui. L'ennui qu'importe. La liberté, vive la liberté. Pour Bruggle, la liberté, c'est de se faire désirer par un petit chiffonnier. Même si Pierre s'empêche d'être jaloux, il ne pourra point estimer une occasion bien rare, ce douteux adolescent déniché dans un bal musette de cinquantième ordre : « Y a mieux, c'est plus cher », comme disait ce joueur d'accordéon pour qui Arthur s'est arrangé à le perdre, à la foire. Ce soir-là, il a réussi à faire partir le marin. Aujourd'hui il sera sage. Au voyou du *Lapin vengeur*, il abandonne M. Arthur. Bruggle a choisi sa nouvelle passion. Tant pis pour lui : Y a mieux, mais c'est plus cher. Qu'il ne se plaigne jamais. Il a « son liberté ». Et « son liberté », c'est une danse avec Totor. Son liberté s'appelle Totor. Celle de Pierre n'aura qu'un nom. Le plus beau des noms. Y a pas mieux, y a pas plus cher. Il n'ose la nommer quoique déjà il ait commencé à perdre la vie. Encore un verre, un verre d'oubli et que l'autre se fasse mordre la poitrine, le cou, le dos, les jambes, le ventre, tout ce qu'il lui plaira. Pierre s'en fout. Pierre est libre. Sa liberté, à lui, sa liberté s'appelle la mort. La mort, c'est le mieux, y a pas mieux. Tout à l'heure, bientôt, il partira seul, la Seine n'est pas loin de chez Arthur et d'un pont...

... « Alors, mon cher, on boude... » C'est la

Roumano-Scandinave qui est venue le prendre à partie. Elle ne peut donc pas le laisser en paix. Tout de même elle va être joliment déçue, car jamais elle ne sera capable de le faire rager. Déjà il cherche des mots pour une réponse qui la surprenne.

« Mais non, je ne boude pas, mais non, je me mets simplement au niveau. En arrivant j'étais triste. J'ai réussi un miracle, puisque maintenant je suis gai. Gai, très gai... »

Il entend sa voix. Les paroles qu'il voulait martiales sont fausses, fragiles à casser. La Roumano-Scandinave le regarde droit dans les yeux. Ce n'est pas elle qui a peur. Décisive, elle affirme : « Arthur est inouï mon cher. Mon cher, il a raison de se prétendre un petit sauvage. Quel fauve magnifique. On m'a dit qu'il m'appelait " son dompteuse ", mais ni vous ni moi ne dompterons cette panthère. Tenez, regardez-le qui reprend sa danse avec Totor. N'est-ce point splendide, mon cher ? »

Arthur reprend sa danse avec Totor. Pierre avait donc raison qui se demandait comment on pourrait parvenir à les séparer. Sans doute on a dû y renoncer. Arthur et Totor sont condamnés à demeurer toute la vie collés l'un à l'autre. Pourquoi pas ? Il y a quelqu'un en tout cas qui s'en bat l'œil. C'est Pierre Dumont. Le couple une fois l'effleure. Pierre sourit. Non, il ne sourit pas, il accroche un sourire entre ses deux joues. Diane ainsi épinglait de faux bonheurs. Diane. C'est par sa faute à lui, Pierre, que le visage de la jeune fille essayait de mimer une joie qu'il lui rendait impossible. Par sa faute. Il sacrifiait Diane. À qui ? À un petit Américain venu en France comme laveur de vaisselle et pour qui le bonheur, la liberté sont de danser le torse nu, avec un chiffonnier inverti. Vraiment, il n'y a pas de quoi être fier. Aujourd'hui, il est puni, comme il le mérite. Il a accroché un sourire entre ses deux joues, mais le masque est trop transparent. Le couple des danseurs qui à nouveau le frôle semble le narguer.

Pour se forcer à demeurer indifférent, Pierre enfonce ses ongles dans ses paumes. Piètre remède. Le couple des danseurs a tort de venir à lui pour la troisième fois, car des ongles qui renoncent à torturer leurs propres mains entrent dans un cou, le cou d'Arthur, des pieds commencent leur besogne de rage et de vengeance en dépit des murmures surpris de douleur. Totor, Arthur, enfin séparés, secouent Pierre qui hurlent des injures et ne veut lâcher prise. Les invités de Bruggle s'interposent. Les doigts de Pierre doivent abandonner une nuque où ils se sont imprimés en rose. Lui, il est tout blanc ; ses lèvres tremblent. La Roumano-Scandinave, heureuse au fond de cette scène, mais ne tenant point à ce qu'elle se prolonge, essaie de le calmer :

« Allons, mon cher, pas de folies.

— Pas de folies, taisez-vous, grosse momie.

— S'il vous plaît soyez poli. Vous oubliez à qui vous parlez.

— Je vous dirai ce qu'il me plaît. Vous avez toujours fait ce qu'il fallait pour détacher Arthur de moi ; vous avez amené ces sales voyous.

— Injuriez les amis d'Arthur, tant qu'il vous plaira. Moi mon cher, je ne me mêle pas de vos affaires. D'ailleurs, ce cher Arthur est assez grand, assez libre pour chercher ses aventures où il veut. Est-ce de ma faute si vous l'avez lassé avec vos nerfs de petite fille ? Vous êtes pire qu'un enfant, vous avez dix ans.

— J'en connais ici, qui voudrait bien pouvoir en dire autant.

— Arthur, vous entendez les grossièretés qu'il m'envoie. »

Or Arthur qui a remis sa chemise et repris notion de son dignité, fait les gros yeux, la grosse voix :

« Vous pouvez partir maintenant Pierre, maintenant que vous avez ruiné mon soirée. Oh ! Ce n'est pas bien d'avoir ruiné mon soirée.

— J'ai ruiné son soirée. Vous entendez, il ne trouve

rien d'autre à me dire. J'ai ruiné son soirée. Il s'agit bien de tes quatre snobs et de tes deux tantes d'opéra-comique. Tu ne comprendras donc jamais rien. Tu vas m'en vouloir ta vie entière, parce que j'ai gâché, comme tu dis, ton opportunité. Mais Arthur, tu ne sais donc pas qu'il y a d'autres opportunités que celles des Ballets danois, des succès mondains, Arthur, Arthur. »

Il n'a pas la force de continuer. Ses derniers mots étaient hachés. Maintenant, il pleure comme un gosse, et il a honte de pleurer devant la Roumano-Scandinave, Arthur qui ricanent. Les deux petits voyous se moquent de lui, contrefont ses larmes. « Arthur, Arthur » et la Roumano-Scandinave de cesser le ricanement pour un rire à pleine bouche, à pleine gorge. Lucas impose silence aux chiffonniers, puis doucement à Pierre : « Nous allons vous reconduire chez vous, il faut prendre un peu l'air avant de rentrer. Demain, il n'y paraîtra plus. »

Pierre a perdu toute volonté. Il se laisse habiller comme un bébé. Lucas fait un signe pour dire qu'il va partir avec lui.

On l'entraîne. La surprise de la nuit froide le calme. Il soupire, et Lucas, l'homme bien portant, essaie de l'apaiser...

Pierre la voix lointaine, explique : « Si vous m'aviez laissé, je l'aurais injurié jusqu'à demain. J'aurais voulu que tout finît entre lui et moi, mais jamais je n'aurais eu le courage de partir simplement. J'étais son esclave. Je me donnais de fausses raisons pour essayer de croire que je n'avais pas tort de l'aimer tant. J'ai été insolent avec sa Roumano-Scandinave pour qu'il ne me pardonne pas, ne veuille plus me revoir. Oui, maintenant, c'est fini. Je suis heureux, libre... »

À voix basse, pour lui seul, il se répète la phrase de tout à l'heure, quand Bruggle dansait avec le chiffonnier. La liberté d'Arthur s'appelle Totor, y a mieux mais c'est plus cher, ma liberté à moi, y aura pas mieux, ma liberté sera...

Mais déjà il n'ose plus prononcer le mot. Un bras bien serré contre un bras de Lucas, il s'attendrit, se sent redevenir un enfant. Et puis on lui explique : Arthur vous aime. C'est un jeune fauve et qui se montre d'autant plus cruel que plus innocent. Pierre fait « oui » de la tête. Ne s'est-il pas vingt fois donné ces arguments pour ne pas en vouloir à M. Arthur. C'est bien cela : Arthur est un jeune fauve et qui se montre d'autant plus cruel que plus innocent. Mais si Arthur aime Pierre qu'importe le reste. Pierre déjà oublie toute sa rage. Il interroge : « Vous êtes sûr qu'il m'aime ? »

Mais Lucas, toute sagesse, conseille : « Mon petit gars, moquez-vous donc de Bruggle, de ses chemises, de ses trop belles robes de chambre. Collez-vous avec une bonne petite rombière. Baisez à la papa et tout sera dit. N'est-ce pas ? Pour ce soir faites un petit tour avec nous. Et puis, rentrez à la maison. Roupillez bien. Et demain, il n'y paraîtra plus. On va vous reconduire. Où habitez-vous ?

— Nulle part. Je me suis fâché avec ma mère aujourd'hui même.

— Eh bien, vous coucherez chez moi. Je vous dresserai un lit dans le bureau.

— Merci Lucas, je veux bien. »

Lucas constate : « Nous ne sommes pas loin du *Negrito's*. Je vais chercher une amie, une petite négresse, voulez-vous venir avec moi ?

Pierre et Lucas au *Negrito's*. Dès la porte une petite danseuse couleur de perle noire interroge : « Et votre Américain. Pourquoi n'est-il pas avec vous ce soir ? » Votre Américain. Arthur encore, toujours. Pierre ne pourra-t-il faire un pas qu'il ne retrouve sans cesse la même ombre. Il voudrait voir au diable Lucas qui lui vante la négrillonne questionneuse, lui explique qu'elle a quinze ans, qu'il l'adore, qu'elle s'appelle Djamilina, etc. Mais pourquoi parler de la sauvagerie de Djamilina ? Petite fille soûle, entre ses cuisses elle fait tourner son ventre, lance un œil, puis une main et tout son corps vers celui que ce soir désigne son caprice enfantin. Djamilina se croit maîtresse du monde, tout comme certain jeune garçon invoquait sa Liberté. Liberté. Qu'en faites-vous de votre liberté, M. Arthur. Un petit chiffonnier est dans votre lit, immobile près de vous. M. Arthur et son petit chiffonnier. Ils doivent dormir maintenant. Deux poupées de cire. S'ils sont insensibles c'est qu'ils ont commencé de mourir. Voilà votre liberté M. Arthur. Un jour Pierre n'existera plus pour vous et vous n'existerez plus pour Pierre. En attendant, afin de prendre patience, il s'agit de boire, Lucas est un voisin trop pâle dès que Djamilina exagère l'inutile obscénité du geste. Djamilina poupée cruelle et Bruggle ce jouet dont on peut user si longtemps avant de connaître toutes ses ressources méchantes. Que le sommeil, ce soir, pétrifie Bruggle, demain il s'éveillera pour de nouveaux ravages. Cette nuit, par sa faute Diane pleure et Mme Dumont-Dufour s'empoisonne de rage. Nulle part sur la terre n'est la vivante paix. Il faudrait, avant de s'endormir, sortir son cœur de sa poitrine, comme le portefeuille du veston. Mais parce qu'on ne peut pas, ce sont des simulacres. Danse Djamilina, souffre, toi, l'homme en bonne santé, qui donnais des conseils tout à l'heure. Djamilina, une gosse, à quatre heures du matin, elle regrette de ne pas savoir mettre l'orthographe. « Apprends-moi la grammaire », demande-t-elle, une main très occupée sur la cuisse trop chaude de Lucas, Pierre regarde son poignet aller et venir, ses ongles s'enfoncent dans l'étoffe, elle fait mal, on la repousse, elle tombe, elle crie, elle pleure, on la mène au lavabo, où on essaie de la calmer.

Pierre, seul à la table, boit au goulot ce qui reste de la bouteille de champagne. Il n'attend pas que le couple sorte réconcilié : « Garçon, mon vestiaire ! » Il se penche à gauche pour demander : « Tu viens, Arthur ? » On ne répond pas. Pierre se rappelle... Arthur, les petits chiffonniers... Allons donc. De la force. Arthur, sa liberté s'appelle Totor cette nuit. Pierre. La liberté de Pierre ? La porte se laisse ouvrir. Vive le trottoir.

Il y a une pharmacie qui ne ferme pas de la nuit.

Pierre sait la dose exacte des comprimés somnifères à prendre pour ne plus jamais se réveiller.

Il va droit à la pharmacie.

De la rue, des bocaux verts, rouges, violets, jaunes, papillons de mort, déjà l'effleurent.

Il entre, achète son médicament, le serre entre ses doigts, et court jusqu'à l'avenue déserte où il y a des bancs.

Il s'étend, avale huit pastilles, croise les mains sur son manteau et laisse la nuit entrer dans ses os.

La nuit, le froid, la mort, la liberté.

Il se rappelle... un jour déjà, dans la solitude, dans le vide, en face d'un garçon au corps creux, ne demeurèrent que deux yeux. Œil de Diane précis et triste d'une conscience qui le limite, œil de Bruggle, le plus bel œil humain, que Pierre ait jamais vu, œil humain, œil animal aussi et que l'amour même ne saurait apprivoiser. Pierre demande pardon aux yeux, à Diane, d'avoir préféré l'animal à la femme. L'animal, mais Bruggle petit sauvage, même dans sa cruauté, demeure grand d'innocence. Arthur. Un courant d'air. Rien ne l'arrête Lui a raison et non Pierre déjà confondu avec le bois du banc. Gorge sans chaleur, corps minéral et ce cerveau piètre fleur de sang qui meurt dans la boîte d'un crâne. De tout l'univers, deux points seuls demeurent sensibles. Œil de Bruggle, œil de Diane déjà mangés par la nuit, ils s'approchent l'un de l'autre et c'est la splendeur de l'incendie populaire.

V
Secourir encore

Dans l'hôpital où le lendemain elle vint avec Mme Dumont-Dufour et sa mère reconnaître un cadavre, Diane vit un garçon si beau qu'elle crut pleurer d'admiration plutôt que de douleur.

Les deux mères étaient à ses côtés, droites dans leurs manteaux noirs, Mme Blok bouffie de larmes, Mme Dumont-Dufour, plus maigre, plus contractée que jamais, mais dès qu'elle desserra les lèvres, sa voix sonna si faux, si froid que Diane comprit que la comédie que Pierre, volontairement, avait pour lui arrêtée, d'autres encore allaient devoir la subir. Sa vie ne connaîtra-t-elle donc jamais l'apaisement où s'est figé le visage le mieux aimé ? La mort, l'apaisement. La poitrine de Diane se déchire. Des boules de sanglots la suffoquent. Elle tombe sur le mort enfantin, blanc dans ce blanc, ses bras se lient au corps déjà pétrifié, sa bouche erre par une figure qu'elle apprend peu à peu à ne plus connaître.

Il va falloir qu'on l'emmène. Mme Blok et Mme Dumont-Dufour lui ont saisi chacune un bras, et déjà elles sont près de la porte, lorsque la vue d'un jeune garçon sur le seuil fait pâlir Diane, subitement redressée et prête à mordre. Mais à peine a-t-elle eu un mouvement pour se dégager qu'elle s'arrête, car, sur un visage elle a vu des larmes, des larmes semblables aux siennes et qui tracent des routes de douleur. Ses lèvres peuvent tout juste remuer pour murmurer un nom : Bruggle.

Bruggle.

Mme Dumont-Dufour qui ne cessera jamais de

croire à sa vertu, drapée dans son crêpe et son orgueil, s'écarte, l'œil exorciseur. La pitié de Mme Blok n'imagine point qu'elle ait d'autre mission que de suivre une mère en deuil. Diane et Bruggle restent seuls, et, parce que Diane voit se tordre de malheur des mains dont elle pensait inexorable la beauté, au nom du mort, elle a pitié des sanglots de Bruggle.

Pierre mort, ce félin transatlantique, jusqu'à ce jour détesté, cette créature à l'inaltérable et diabolique innocence, pleure.

Diane l'entend qui la supplie : Diane, Diane, c'était le seul que j'aimais au monde, le seul à qui je pensais quand j'étais triste, dans mon studio, Diane, Diane, pourquoi est-il mort ?

Diane qui ne sait pourquoi elle va continuer à vivre, Diane ne répondra point. Elle permet à Bruggle de venir sangloter la tête sur son épaule. Bruggle, elle comprend qu'il est lui aussi une victime. C'est un enfant ébloui. Pierre lui a dit mille fois comment il avait traversé l'Océan dans les soutes d'un bateau. Il était maigre, il était pauvre, il était humble. Il est venu petit sauvage, aux yeux grands ouverts, grisé d'être aimé, désiré, jamais médiocre et toujours altier de ses rêves. Diane se rappelle comment Pierre, la première fois, parla de son amour. « L'enfant Septentrion dansa deux jours et plut. »

L'enfant Septentrion. Pierre est mort. Bruggle a perdu son rythme. Parce que Pierre est mort, Bruggle tombe à genoux, joint ses mains, sur des mains froides, des mains qui l'appelaient dans les rêves. Bruggle épave, lui aussi maintenant, Bruggle interroge encore : Pourquoi, pourquoi en Pierre était une telle ardeur qui le fit capable de me croire capable de tout ?

Pourquoi en Pierre était une telle ardeur ?

Diane qui sent le désespoir monter en Bruggle, comme une mer de folie, Diane retrouve un front où poser des mains qui veulent apaiser. Diane qui n'a su ni osé condamner encore essaie de secourir.

Autobiographie *

Né le 19 août 1900 à Paris de parents parisiens, ce qui lui permet d'avoir l'air slave. Lycée, Sorbonne, faculté de droit, service militaire jusqu'à la fin de 1923, d'où l'impression de ne vivre vraiment que depuis peu de mois. N'est allé ni au Tibet, ni au Groenland, ni même en Amérique, mais les voyages qui n'ont pas eu lieu en surface, on a tenté de les faire en profondeur. Ainsi peut se vanter de bien connaître certaines rues et leurs hôtels de jour et de nuit.

A horreur de tous les esthétismes, qu'il s'agisse de celui d'Oxford et des pantalons larges, de celui des remords de cinéma avec leurs maisons de guingois, de celui des nègres et du jazz, des bals musettes et des pianos mécaniques..., etc. Voudrait bien pour des romans futurs retrouver des personnages aussi nus, aussi vivants que les couteaux et les fourchettes qui figuraient les hommes et les femmes dans les histoires destinées à demeurer inédites qu'il se racontait enfant.

Avait commencé des recherches pour une thèse de doctorat ès lettres sur Diderot romancier, quand, avec Marcel Arland, Jacques Baron, Georges Limbour, Max Morise, Roger Vitrac, il fonda une revue, Aventure, *qui lui valut d'oublier le XVIII*e *siècle pour le XX*e*. C'est alors qu'il*

---

* Rédigé par René Crevel pour un cahier publicitaire inséré dans son second roman *Mon corps et moi*, paru le 30 décembre 1925 chez Simon Kra ; recueilli dans René Crevel, *Feuilles éparses*, Paris, Louis Broder, 1965 (pp. 86-88).

connut Louis Aragon, André Breton, Paul Eluard, Philippe Soupault, Tristan Tzara, et un jour, devant un tableau de Giorgio de Chirico, il eut enfin la vision d'un monde nouveau. Il négligea définitivement le vieux grenier logico-réaliste, comprenant qu'il était lâche de se confiner dans une médiocrité raisonneuse, que, chez les vrais poètes, il ne trouvait ni jeux de mots, ni jeux d'images, mais qu'il les aimait – et parmi eux tout particulièrement Rimbaud et Lautréamont – pour leur pouvoir libérateur.

A participé aux premières expériences hypnotiques d'où André Breton tira des arguments pour son Manifeste du Surréalisme. *A donc pu constater de lui-même que le surréalisme était le moins littéraire et le plus désintéressé des mouvements, et persuadé qu'il n'est pas de vie morale possible pour qui n'est point docile aux voies souterraines ou se refuse à reconnaître la réalité des forces obscures, a décidé une fois pour toutes, et au risque de passer pour un don quichotte, un arriviste ou un fou, d'essayer, tant par ses actes, que par ses écrits, d'écarter les barrières qui limitent l'homme et ne le soutiennent pas.*

Son premier roman Détours *(N.R.F., 1924), une œuvre, un portrait (épuisé), était une promenade préliminaire où les critiques, et en particulier Benjamin Crémieux, Edmond Jaloux, Albert Thibaudet, ont reconnu des attitudes, des flâneries et des rages caractéristiques du jeune homme actuel.* Mon corps et moi *(1925), roman dont le héros porte en soi toutes ses aventures et où les gestes, les personnages ne sont que des prétextes, est un panorama intérieur.*

Note bibliographique

1. Textes de René Crevel (éditions originales et rééditions)

Détours. En frontispice, portrait de l'auteur par Eugene Mac Cown gravé sur bois par Georges Aubert. [Paris], Éditions de la Nouvelle Revue française (Gallimard), « Une Œuvre, un Portrait », nouvelle série, 1924, 104 p.
* Réédition : *Détours*. Préface de Michel Carassou ; en appendice un dossier préparé par Michel Carassou et Jean-Claude Zylberstein contenant des lettres et des articles de René Crevel (1921-1926). [Paris], Société nouvelle des éditions Pauvert, 1985, 184 p.

Mon Corps et moi. En frontispice, portrait de l'auteur par Alice Halicka. |Paris], Éditions du Sagittaire (Simon Kra), « Collection de la *Revue européenne* » n°20, 1925, 204 p.
* Rééditions : *Mon Corps et moi*. Préface de Jean Frémont ; en appendice un dossier préparé par Michel Carassou et Jean-Claude Zylberstein contenant des poèmes et articles de René Crevel (1923-1928). [Paris], Jean-Jacques Pauvert, 1974, 186 p. / *idem* : Société nouvelle des éditions Pauvert, 1985, 186 p. / *idem* : Présentation de Nicole Chardaire. [Paris], Librairie générale française, « Le Livre de poche. Biblio » n°3154, 1991, 248 p.

La Mort difficile. En frontispice, portrait de l'auteur. [Paris], Simon Kra, « Collection européenne » n°25, 1926, 204 p.
* Rééditions : *La Mort difficile*. Préface de Salvador Dali ; en appendice un dossier préparé par Michel Carassou et Jean-Claude Zylberstein contenant des articles et des lettres de René Crevel (1925-1928). [Paris], Jean-Jacques Pauvert, 1974, 256 p. / *idem* : Société nouvelle des éditions Pauvert, 1979, 256 p. / *idem* : Présentation de Nicole Chardaire. [Paris], Librairie générale française, « Le Livre de poche. Biblio » n°3085, 1987, 192 p.

Babylone. En frontispice, portrait de l'auteur par Christian Bérard. [Paris], Simon Kra, « Collection européenne » n°30, 1927, 196 p.

* Rééditions : *Babylone*. En appendice un dossier préparé par Michel Carassou et Jean-Claude Zylberstein contenant des textes de René Crevel (1921-1929). [Paris], Jean-Jacques Pauvert, 1975 / *idem* : Société nouvelle des éditions Pauvert, 1991, 264 p.

L'Esprit contre la raison. En frontispice, portrait de l'auteur par Pavel Tchelitchew. [Marseille], Éditions des Cahiers du Sud, « Critique » n°6, 1927, 58 p.
* Réédition dans *L'Esprit contre la raison* (voir ci-dessous).

Êtes-vous fous ?. [Paris], Éditions de la Nouvelle Revue française (Gallimard), « Blanche », 1929, 216 p.
* Réédition : *Êtes-vous fous ?*. [Paris], Gallimard, « L'Imaginaire » n°75, 1981, 178 p.

Renée Sintenis. Étude critique. [Paris], Éditions de la Nouvelle Revue française (Gallimard), « Les sculpteurs nouveaux », 1930, 64 p., ill.
* Rééditions dans *L'Esprit contre la raison* (voir ci-dessous) / dans *Brefs écrits sur l'art*. [Paris], Mercure de France, « Le petit Mercure », 1999, 96 p., ill.

Les Sœurs Brontë, filles du vent. Illustrations de Marie Laurencin. [Paris], Éditions des Quatre-Chemins, 1930, 24 p., ill.

Paul Klee. Étude critique. Portrait gravé sur bois par Georges Aubert. [Paris], Éditions de la Nouvelle Revue française (Gallimard), « Les peintres nouveaux », 1930, 64 p.,ill.
* Rééditions dans *L'Esprit contre la raison* (voir ci-dessous) / dans *Paul Klee, les années 20*. [Paris], Denoël, 1971, 144 p., ill. / dans *Brefs écrits sur l'art*. [Paris], Mercure de France, « Le petit Mercure », 1999, 96 p., ill.

Dali ou l'Anti-obscurantisme. [Paris], Éditions Surréalistes, chez José Corti, 1931, 44 p.
* Réédition dans *L'Esprit contre la raison* (voir ci-dessous).

Le Clavecin de Diderot. [Paris], Éditions Surréalistes, chez José Corti, 1932, 170 p.
* Rééditions : *Le Clavecin de Diderot*. Présentation de Claude Courtot. [Paris], Jean-Jacques Pauvert, « Libertés » n°38, 1966, 192 p. / dans *L'Esprit contre la raison* (voir ci-dessous).

Les Pieds dans le plat. [Paris], Éditions du Sagittaire (anciennes éditions Kra), 1933, 360 p.

NOTE BIBLIOGRAPHIQUE

* Rééditions : *Les Pieds dans le plat*. Préface d'Ezra Pound (texte extrait de *The Criterion*, janvier 1939) ; en appendice un dossier préparé par Michel Carassou et Jean-Claude Zylberstein contenant des textes et des lettres de René Crevel. [Paris], Jean-Jacques Pauvert, 1974, 320 p. / *idem* : Société nouvelle des éditions Pauvert, 1985, 320 p.

La Bague d'Aurore. Illustrations de Joan Miró. [Paris], Louis Broder, « Miroir du poète » 4, 1957, 48 p.

Accueil, suivi de *La Dame au Cou nu*, *Lettre pour Arabelle*, *Nuit, 1830. Le Grand mannequin cherche et trouve sa peau*. Gravures de Dorothea Tanning. [Paris], Jean Hugues, 1958, 84 p.

Feuilles éparses. Illustrations de Jean Arp, S. W. Hayter, Hans Bellmer, Valentine Hugo, Camille Bryen, Wilfredo Lam, Oscar Dominguez, Man Ray, Max Ernst, André Masson, Alberto Giacometti, Joan Miró, Wols. [Paris], Louis Broder, « Archives » 187, vol.1, 1965, 104 p.

L'Esprit contre la raison, suivi de *Dali ou l'Anti-obscurantisme*, *Nouvelles vues sur Dali et l'obscurantisme*, *Solitude variée*, *Pour la simple honnêteté* et de *Au carrefour de l'amour, la poésie, la science et la révolution*. Préface de Marcel Jouhandeau. Textes réunis par Jean Schwartz. [Paris], Tchou, « Le Prix des mots » n°4, 1969, XII-153 p.

Révolution, surréalisme, spontanéité, choix de textes. [Paris], Plasma, « Les Feuilles vives », 1978, 64 p.

L'Esprit contre la raison, suivi de *Paul Klee*, *Renée Sintenis*, *Dali ou l'Anti-obscurantisme*, *Le Clavecin de Diderot*, *Nouvelles vues sur Dali et l'obscurantisme* et autres écrits théoriques sur le surréalisme. Préface d'Annie Le Brun. [Paris], Société nouvelle des éditions Pauvert, 1986, 338 p.

Le Roman cassé et *Derniers écrits* (1934-1935). Préface de Louis Janover. [Paris], Société nouvelle des éditions Pauvert, 1989, 160 p.

Lettres de désir et de souffrance. Préface de Julien Green. Présentation et notes d'Éric Le Bouvier. [Paris], Fayard, 1996, 394 p.

Lettres à Mopsa. Texte établi et présenté par Michel Carassou. [Paris], Éditions Paris-Méditerranée, « Cachet volant », 1997, 240 p.

Correspondance de René Crevel à Gertrude Stein. Traduction, présentation et annotation par Jean-Michel Devésa. [Paris], L'Harmattan, 2000, 270 p.

2. Ouvrages et revues consacrés à René Crevel (par date de publication)

Temps mêlés n°10-11, « Numéro d'hommage à René Crevel ». [Verviers], Temps mêlés, 1954, 64 p.

Cahiers du Sud n°337, « Pour saluer Crevel ». [Marseille], oct. 1956.

Carlos Lynes, *Crevel vivant, ou le quatorzième convive*. Présentation de Jean Digot. [Rodez], Subervie, « Chantier du temps », 1956, 16 p.

Action poétique n°28-29, « René Crevel ». [Paris], oct. 1965.

Claude Courtot, *René Crevel*, suivi d'un choix de textes. [Paris], Seghers, « Poètes d'aujourd'hui » n°182, 1969, 192 p., ill.

Eddy Batache, *La Mysticité charnelle de René Crevel*, suivi d'un choix de textes. [Paris], Georges Visat, 1976, 116 p.

Masques n°17, « René Crevel ». [Paris], printemps 1983.

Etienne-Alain Hubert, « Essai de bibliographie des écrits de René Crevel », dans *Le Bulletin du bibliophile*, n° IV, 1983, pp. 483-527 ; n° 2, 1984, pp. 234-262.

Europe n°679-680, « René Crevel ». [Paris], nov.-déc. 1985.

Michel Carassou, *René Crevel*. [Paris], Fayard, 1989, 292 p.

Paola Dècina Lombardi, *René Crevel, o il Surrealismo come rivolta*. [Genève, Paris], Slatkine, « Textes et études / Centre d'études franco-italien, Universités de Turin et de Savoie. Domaine français » n°20, 1989, 166 p.

Dieter Schöneborn, *René Crevel. Romancier zwischen Surrealismus, Psychoanalyse und Revolution*. [Münster], Nodus Publikationen, Klaus D. Dutz, 1990, 150 p.

François Buot, *Crevel*. [Paris], Grasset, 1991, 494 p., ill.

Jean-Michel Devésa, *René Crevel et le roman*. [Amsterdam, Atlanta], Rodopi, « Faux Titre » n°69, 1993, 312 p.

NOTE BIBLIOGRAPHIQUE

Alessandra Marangoni, *Il corpo dilaniato di René Crevel*. [Padova], Cooperativa Libraria Editrice Università di Padova, « Letture e ricerche francesi », 1998, 170 p.

Francesco Cornacchia, *René Crevel. Il romanzo contro la ragione*. Préface de Claude Courtot. [Bari], B. A. Graphis, « Écart Trace », 2001, 204 p.

Mélusine n°22, « René Crevel ou l'esprit contre la raison », Actes du Colloque international, Bordeaux, 21-23 novembre 2000. Présentation de Jean-Michel Devesa. [Lausanne], L'Age d'homme, 2002, 320 p.

Mise en page : ASI Communication, Rouen.
Cet ouvrage a été achevé d'imprimer en juillet 2007
sur les presses de l'imprimerie Corlet
14110 – Condé-sur-Noireau
Dépôt légal : juillet 2007
N° d'imprimeur : 106133